AF547583

Gröls
Verlage

„Bücher sind wie Fallschirme. Sie nützen uns nichts, wenn wir sie nicht öffnen."

Gröls Verlag

Redaktionelle Hinweise und Impressum

Das vorliegende Werk wurde zugunsten der Authentizität sehr zurückhaltend bearbeitet. So wurden etwa ursprüngliche Rechtschreibfehler *nicht* systematisch behoben, denn kleine Unvollkommenheiten machen das Buch – wie im Übrigen den Menschen – erst authentisch. Mitunter wurden jedoch zum Beispiel Absätze behutsam neu getrennt, um den Lesefluss zu erleichtern.

Um die Texte zu rekonstruieren, werden antiquarische Bücher von Lesegeräten gescannt und dann durch eine Software lesbar gemacht. Der so entstandene Text wird von Menschen gegengelesen und korrigiert – hierbei treten auch Fehler auf. Wenn Sie ebenfalls antiquarische Texte einreichen möchten, finden Sie weitere Informationen auf www.groels.de

Viel Freude bei der Lektüre wünscht Ihnen das Team des Gröls-Verlags.

Adressen

Verleger: Sophia Gröls, Im Borngrund 26, 61440 Oberursel

Externer Dienstleister für Distribution & Herstellung: BoD, In de Tarpen 42, 22848 Norderstedt

Unsere „Edition | Werke der Weltliteratur“ hat den Anspruch, eine der größten und vollständigsten Sammlungen klassischer Literatur in deutscher Sprache zu sein. Nach und nach versammeln wir hier nicht nur die „üblichen Verdächtigen“ von Goethe bis Schiller, sondern auch Kleinode der vergangenen Jahrhunderte, die – zu Unrecht – drohen, in Vergessenheit zu geraten. Wir kultivieren und kuratieren damit einen der wertvollsten Bereiche der abendländischen Kultur. Kleine Auswahl:

Francis Bacon • Neues Organon • **Balzac** • Glanz und Elend der Kurtisanen • **Joachim H. Campe** • Robinson der Jüngere • **Dante Alighieri** • Die Göttliche Komödie • **Daniel Defoe** • Robinson Crusoe • **Charles Dickens** • Oliver Twist • **Denis Diderot** • Jacques der Fatalist • **Fjodor Dostojewski** • Schuld und Sühne • **Arthur Conan Doyle** • Der Hund von Baskerville • **Marie von Ebner-Eschenbach** • Das Gemeindekind • **Elisabeth von Österreich** • Das Poetische Tagebuch • **Friedrich Engels** • Die Lage der arbeitenden Klasse • **Ludwig Feuerbach** • Das Wesen des Christentums • **Johann G. Fichte** • Reden an die deutsche Nation • **Fitzgerald** • Zärtlich ist die Nacht • **Flaubert** • Madame Bovary • **Gorch Fock** • Seefahrt ist not! • **Theodor Fontane** • Effi Briest • **Robert Musil** • Über die Dummheit • **Edgar Wallace** • Der Frosch mit der Maske • **Jakob Wassermann** • Der Fall Maurizius • **Oscar Wilde** • Das Bildnis des Dorian Grey • **Émile Zola** • Germinal • **Stefan Zweig** • Schachnovelle • **Hugo von Hofmannsthal** • Der Tor und der Tod • **Anton Tschechow** • Ein Heiratsantrag • **Arthur Schnitzler** • Reigen • **Friedrich Schiller** • Kabale und Liebe • **Nicolo Machiavelli** • Der Fürst • **Gotthold E. Lessing** • Nathan der Weise • **Augustinus** • Die Bekenntnisse des heiligen Augustinus • **Marcus Aurelius** • Selbstbetrachtungen • **Charles Baudelaire** • Die Blumen des Bösen • **Harriett Stowe** • Onkel Toms Hütte • **Walter Benjamin** • Deutsche Menschen • **Hugo Bettauer** • Die Stadt ohne Juden • **Lewis Caroll** • *und viele mehr….*

Vincent van Gogh

Briefe

Inhalt

Briefe an seinen Bruder

Du mußt es mir nicht übel nehmen, lieber Bruder, dass ich Dir schon wieder schreibe, – es geschieht nur, um Dir zu sagen, dass das Malen mir ein so ganz besonderes Vergnügen macht.

Vergangenen Sonntag habe ich etwas angefangen, was mir schon immer vorgeschwebt hat:

Es ist ein Blick auf eine flache grüne Wiese, auf der Heuhaufen stehen. Ein Kohlenweg neben einem Graben läuft quer darüber hin. Und am Horizont, mitten im Bilde, die Sonne. Das Ganze ein Gemisch von Farben und Tönen – ein Vibrieren der ganzen Farbenskala in der Luft. Zuerst ein lilafarbener Nebel, in dem die rote Sonne halbverdeckt von einer, mit glänzendem Rot fein umrandeten dunkelvioletten Wolkenschicht steht; in der Sonne Spiegelungen von Zinnober, oben darüber ein Streifen Gelb, der grün und weiter oben bläulich abtönt (bis zum zartesten Himmelblau), und dann hier und da lila und graue Wolken, die die Reflexe der Sonne tragen.

Der Boden ein kräftiges Teppichgewirk von Grün, Grau und Braun, voller Schattierungen und Leben. Das Wasser des Grabens glänzt auf dem lehmigen Grund. Es ist so wie z. B. Emil Breton es malen würde.

Dann habe ich ein grosses Stück Düne dick in Farbe aufgetragen und breit gemalt.

Von diesen beiden Sachen, ich weiss es bestimmt, wird man nicht glauben, dass es meine ersten gemalten Studien sind.

Offen gestanden verwundert es mich: ich hatte gedacht, die ersten Sachen würden nichts wert sein, und wenn ich mich auch selbst loben muss, sie sehen wirklich nach etwas aus, und das ist mir immerhin überraschend.

Ich glaube, es liegt daran, dass ich zuerst, bevor ich zu malen anfing, so lange gezeichnet und Perspektive studiert habe, und ein Ding nun so aufsetzen kann, wie ich es vor Augen habe.

Jetzt, seitdem ich mir Pinsel und Malgerät gekauft habe, habe ich dann auch gearbeitet und geschuftet, dass ich totmüde davon bin, sieben gemalte Studien in einem Zuge ... ich kann mich buchstäblich nicht auf den Beinen halten, und mag die Arbeit doch weder im Stich lassen noch mich ausruhen.

Aber das wollte ich Dir noch sagen: ich fühle, dass mir beim Malen die Dinge in Farben vor Augen treten, die ich früher nicht sah. Dinge voller Breite und Kraft.

Das sieht so aus, als ob ich mit meinen eigenen Werken schon zufrieden wäre: aber, ganz im Gegenteil. Eines habe ich aber doch dabei schon erreicht: wenn mir etwas in der Natur auffällt, so stehen mir jetzt mehr Mittel zur Verfügung als früher, um es mit mehr Kraft zum Ausdruck zu bringen.

Ich glaube auch nicht, dass es mir etwas ausmachen würde, wenn meine Gesundheit mir mal einen Streich spielte. Soweit ich das beurteilen kann, sind das nicht die schlechtesten Maler, die dann und wann eine Woche oder vierzehn Tage haben, an denen sie nicht arbeiten können. Das liegt wohl in erster Reihe daran, dass gerade sie diejenigen sind, „qui y mettent leur peau“, wie Millet sagt. Das stört nicht, und man muss im gegebenen Fall keine Rücksicht nehmen; dann hat man sich wohl für eine Zeit ganz ausgegeben, aber das kommt wieder in Ordnung und man hat wenigstens das dabei gewonnen, dass man Studien eingeheimst hat wie der Bauer seine Fuhre Heu. Nur denke ich vorläufig noch nicht ans Ausruhen.

*

Es ist zwar schon spät, aber ich muss Dir doch noch ein paar Zeilen schreiben. Du bist nicht hier und Du fehlst mir, aber es ist mir, als wären wir trotzdem nicht weit von einander.

Ich bin neulich mit mir selbst übereingekommen: mein Unwohlsein oder besser gesagt, das was mir davon übrig geblieben ist, nicht zu beachten. Es ist genug Zeit verloren, die Arbeit darf nicht hintenangesetzt werden. Also, ob gesund oder nicht, jedenfalls werde ich wieder regelmässig von Morgen bis Abends zeichnen. Ich will nicht, dass jemand wieder von mir sagen kann: „Ach, das sind alles alte Zeichnungen."

... Meine Hände sind meiner Ansicht nach zu zart geworden, aber was kann ich thun? Ich werde wieder ausgehen, wenn mir die Sache selbst teuer zu stehen kommt, die Hauptsache ist, dass ich meine Arbeit nicht länger im Stich lasse. Die Kunst ist eifersüchtig, sie will nicht, dass man die Krankheiten über sie stellt. Und ich gebe ihr nach.

... Menschen wie ich dürfen eigentlich nicht krank sein. Du musst nur begreifen, wie ich zur Kunst stehe. Um zur wahren Kunst zu gelangen, muss man lange und viel arbeiten. – Was ich will und mir als Ziel stecke, ist verteufelt schwierig und doch glaube ich nicht, dass ich zu hoch hinaus will. Ich will Zeichnungen machen, die einige Menschen in Erstaunen setzen.

Kurz, ich will es so weit bringen, dass man von meiner Arbeit sagt: Der Mann empfindet tief und der Mann empfindet fein; trotz meiner sogenannten Grobheit – verstehst Du – vielleicht gerade deshalb. Jetzt klingt das noch anspruchsvoll, so zu sprechen, aber das ist dann auch der Grund, warum ich Kraft da hinein bringen will.

Was bin ich denn in den Augen der meisten? Eine Null, oder ein Sonderling, oder ein unangenehmer Mensch, jemand, der in der Gesellschaft keine Position hat oder haben wird, kurz weniger noch als der Geringste.

Gut: angenommen, das verhielte sich alles so, dann würde ich durch meine Arbeit mal zeigen wollen, was das Herz einer solchen Null, eines so unbedeutenden Mannes birgt.

Das ist mein Ehrgeiz, der trotz alledem weniger auf Groll beruht, als auf Liebe, mehr auf einem Gefühl ruhiger Heiterkeit, als auf Leidenschaft. Und wenn ich oft genug mit Widerwärtigkeiten zu kämpfen habe, so ist doch in mir eine ruhige reine Harmonie und Musik.

Die Kunst erfordert eine hartnäckige Arbeit, eine unausgesetzte Arbeit und unaufhörliche Beobachtung. Unter hartnäckiger Arbeit verstehe ich in erster Reihe eine anhaltende Arbeit aber auch das Aufrechterhalten der eigenen Auffassung, den Behauptungen dieses oder jenes gegenüber.

Ich habe mich in der letzten Zeit besonders wenig mit Malern unterhalten und habe mich dabei nicht schlecht befunden. Man muss nicht so sehr auf die Sprache der Maler, wie auf die Sprache der Natur horchen. Ich kann jetzt besser begreifen, als vor einem halben Jahr, dass Mauve sagen konnte: „Sprich mir doch nicht über Dupré, sprich mir lieber vom Rand deines Grabens, oder von dergleichen." Das klingt wohl seltsam, ist aber vollkommen richtig. Das Empfinden für die Dinge an sich, für die Wirklichkeit ist von grösserer Wichtigkeit als das Empfinden der Malerei; es ist fruchtbarer und belebender.

Was ich noch in Bezug auf den Unterschied zwischen der alten und der modernen Kunst sagen wollte: Die neuen Künstler sind vielleicht grössere Denker.

Rembrandt und Ruysdael sind gross und erhaben, für uns genau in derselben Weise wie für ihre Zeitgenossen, aber in dem Modernen liegt etwas Persönlicheres, Intimeres, das mehr zu uns spricht.

Ich habe heute wieder eine Studie von der kleinen Kinderwiege gezeichnet und farbige Striche hineingesetzt. Ich werde die kleine Wiege, hoffe ich, ausser heute wohl noch hundertmal zeichnen – mit Hartnäckigkeit.

*

Um Studien draussen aufzunehmen, und um eine kleine Skizze zu machen, ist ein stark entwickeltes Gefühl für den Contour durchaus erforderlich, ebenso wie für die spätere weitere Ausführung.

Das bekommt man nun, glaube ich, nicht von selbst, sondern in erster Reihe durch Beobachtung, ferner besonders durch hartnäckiges Arbeiten und Suchen: ausserdem muss aber ohne Zweifel ein Studium der Anatomie und Perspektive dazu kommen.

Neben mir hängt eine Landschaftsstudie von Roeloffs (eine Federzeichnung), aber ich kann Dir gar nicht sagen, wie ausdrucksvoll der einfache Contour darin ist; es liegt eben Alles darin.

Ein anderes noch treffenderes Beispiel ist der grosse Holzschnitt „Bergère" von Millet, den ich im vorigen Jahr bei Dir sah, und der mir seitdem lebhaft in der Erinnerung geblieben ist. Ausserdem z. B. die kleinen Federzeichnungen von Ostade und dem Bauern-Breughel.

Ich habe die alte Kappweide noch in Angriff genommen und ich glaube, dass dies das beste meiner Aquarelle geworden ist. Eine düstere Landschaft. Ich habe sie so machen wollen, dass man dem Bahnwärter mit der roten Flagge seine Gedanken: „Ach, wie trübe ist es doch heute!“ ansehen und nachfühlen muss.

Ich arbeite in diesen Tagen mit vielem Vergnügen, obgleich ich hin und wieder die Nachwehen meiner Krankheit noch gründlich fühle. Was nun die Kaufwerte meiner Bilder anbetrifft, so sollte es mich sehr wundern, wenn mit der Zeit meine Arbeiten nicht ebenso gut gekauft werden sollten, wie die der Andern. Ob das jetzt geschieht oder später ist mir ganz gleichgültig. Aber getreu und eifrig nach der Natur zu arbeiten, ist, wie mir scheint, ein sicherer Weg, der zum Ziele führen muss.

Das Gefühl und die Liebe zur Natur findet früher oder später bei Menschen, die sich für die Kunst interessieren, immer einen Widerhall. Es ist also Pflicht des Malers, sich ganz in die Natur zu vertiefen, seine ganze Intelligenz anzuwenden und sein Empfinden in sein Werk zu legen, sodass es auch Anderen verständlich wird. Aber auf den Verkauf hin zu arbeiten, ist meiner Ansicht nach nicht der richtige Weg, man soll auch nicht den Geschmack der Liebhaber berücksichtigen, – das haben die Grossen nicht gethan. Die Sympathie, die sie sich früher oder später erwarben, hatten sie nur ihrer Aufrichtigkeit zuzuschreiben. Mehr weiss ich darüber nicht, glaube auch nicht, dass ich mehr darüber zu wissen brauche. Dass man arbeitet, um Liebhaber zu finden und Liebe bei ihnen zu erwecken, das ist etwas anderes und natürlich etwas Erlaubtes. Aber es soll nicht zur Spekulation werden, die vielleicht verkehrt auslaufen könnte, um derentwillen sicherlich nutzlos Zeit vergeudet würde.

Du wirst in meinen jetzigen Aquarellen noch Sachen finden, die heraus müssten – aber das muss die Zeit bringen. Versteh mich nur recht: ich bin sehr weit davon entfernt, mich an ein System oder etwas ähnliches zu halten.

Nun lebe wohl – und glaube, dass ich manchmal herzlich darüber lachen muss, dass die Leute mir (der ich eigentlich nichts anderes bin als ein Freund der Natur, des Studiums, der Arbeit, in erster Reihe aber auch der Menschen) gewisse Absurditäten und Bosheiten, an die nicht ein Haar auf meinem Kopf denkt, zum Vorwurf machen.

*

Ich war in diesen Tagen noch einmal in Scheveningen, lieber Theo, und hatte an einem Abend das Vergnügen, das Einlaufen eines Fischerbootes zu beobachten. Neben dem Denkmal liegt ein Bretterhäuschen, auf dem ein Mann auf der Warte steht. Sobald das Schiff deutlich sichtbar wird, kommt er mit einer grossen blauen Fahne zum Vorschein, hinter ihm eine Schar kleiner Kinder, die ihm nicht einmal bis zu den Knieen reichen. Anscheinend ist es für sie ein grosses Vergnügen neben dem Manne mit der Fahne zu stehen. Ihrer Ansicht nach tragen sie sehr viel dazu bei, dass das Fischerboot gut einläuft. Ein paar Minuten, nachdem der Mann mit der Flagge geweht hat, kommt ein Mann auf einem alten Pferd daher, der den Anker einholen soll. Männer und Frauen, auch Mütter mit Kindern treten jetzt dazu, um das Fahrzeug zu empfangen.

Sobald das Schiff dicht genug heran ist, geht der Mann zu Pferde in See, und kommt bald darauf mit dem Anker wieder zurück.

Danach werden die Schiffer auf dem Rücken der Männer mit hohen Wasserstiefeln an Land gebracht, und frohe Willkommensrufe begrüssen jeden neuen Ankömmling.

Nachdem alle versammelt sind, marschiert der Trupp nach Hause wie eine Herde Schafe oder eine Karawane, voran der Mann auf dem Kamel – ich meine auf dem Pferd –, der sie wie ein grosser Schatten überragt.

Natürlich habe ich mit angestrengter Aufmerksamkeit die verschiedenen Vorfälle zu skizzieren versucht. Habe auch etwas davon gemalt, besonders die kleine Gruppe, die ich hier hin kritzele ... Du siehst an der beigefügten Kritzelei, auf was mein Suchen gerichtet ist: auf die Volksgruppen, die dieser oder jener Beschäftigung nachgehen. Aber wie schwer ist es, da Leben und Bewegung hineinzubringen, und die Figuren an ihre Stelle und von einander fort zu bekommen! Das ist eine sehr schwierige Aufgabe: das Wogen der Menge, die Gruppe von Figuren, die, obschon sie von oben gesehen ein Ganzes bilden, mit dem Kopf oder den Schultern über den andern hinausragen. Während im Vordergrund die Beine der ersten Gestalten sich kräftig abheben, bilden weiter oben die

Röcke und Hosen ein starkes Durcheinander, in dem aber doch viel Zeichnung steckt. Und dann rechts und links, je nach dem Augenpunkt, die weitere Ausdehnung oder Verkürzung der Seiten. Zur Komposition gestalten sich mir alle möglichen Scenen und Figuren – ein Markt, das Ankommen eines Schiffes, ein Trupp Menschen vor einer Volksküche, die auf der Strasse wallende und schwatzende Menge – nach derselben Grundregel von der Herde Schafe –, und es kommt alles auf Licht und Schatten und Perspektive an.

*

Es ist doch merkwürdig, dass wir beide immer dieselben Gedanken haben. Gestern Abend zum Beispiel kam ich mit einer Studie aus dem Wald zurück – ich war gerade in dieser Woche besonders mit der Frage der Vertiefung der Farben beschäftigt gewesen – gern hätte ich mit Dir darüber gesprochen an der Hand der Studie, die ich machte, und siehe da, in Deinem Brief von heute Morgen sprichst Du zufälligerweise darüber, dass Dich auf Montmartre die stark ausgesprochenen und dennoch harmonisch bleibenden Farben frappierten.

... Ich habe mich gestern Abend mit dem sacht ansteigenden Terrain des Waldbodens, der ganz mit dürren, welken Buchenblättern bedeckt ist, beschäftigt. Den Grund bildet ein helleres und dunkleres Rotbraun mit Schlagschatten von Bäumen, die wie Streifen darüber hinlaufen, flauer oder kräftiger hingesetzt. Die Aufgabe ist – und ich finde das sehr mühsam –, die Tiefe der Farbe herauszukriegen und die enorme Kraft und Festigkeit des Terrains – und doch merkte ich bei der Arbeit, wie viel Licht auch noch in der Dunkelheit sass! Das Licht muss man geben und doch die Glut, die Tiefe der reichen Farbe festhalten. Denn es ist kein

Teppich denkbar, so prächtig wie jenes tiefe Braunrot in der Glut einer gleichwohl durch die Bäume gedämpften Herbstabendsonne.

Auf diesem Boden wachsen Buchenstämme, die auf der einen, vom hellen Licht beschienenen Seite glänzend grün sind, während die Schattenseite der Stämme ein warmes starkes Schwarzgrün zeigt. Hinter den Stämmen, hinter jenem braunroten Boden wird ein Himmel sichtbar, ganz fein blau, von warmem Grau – beinahe nicht mehr Blau – und dagegen steht ein duftiger Hauch von Grün und ein Netzwerk von Stämmen mit gelblichen Blättern. Die Gestalten einiger Holzsucher schleichen umher wie dunkle mysteriöse Schatten. Die weisse Haube einer Frau, die sich bückt, um ein paar dürre Aeste aufzunehmen, hebt sich plötzlich von dem tiefen Rotbraun des Bodens ab. Ein Rock fängt Licht, ein Schlagschatten fällt, die dunkle Silhouette eines Mannes erscheint oben am Waldrand. Eine weisse Haube, die Schultern und die Büste einer Frau heben sich von der Luft ab. Die Gestalten sind gross und voller Poesie – und erscheinen in der Dämmerung des tiefen Schattens wie riesengrosse in einem Atelier entstandene Terracotten. So beschreibe ich Dir die Natur; wie weit ich sie in meiner Skizze wiedergegeben habe, weiss ich nicht, wohl aber, dass die Harmonie von Grün, Rot, Schwarz, Gelb, Blau und Grau mich frappierte.

Es war ganz de Groux-artig, eine Wirkung wie z. B. in der Skizze vom „départ du Conscrit“.

Das zu malen war eine Riesenarbeit. Zu dem Boden brauchte ich anderthalb grosse Tuben Weiss; und doch ist der Boden noch sehr dunkel. Ferner Rot, Gelb, Braun, Ocker, Schwarz, terra de Siena, bistre – und das Resultat ist ein Rotbraun, das von tiefem Weinrot bis zum zarten Hellrosa variiert. Das Moos und den kleinen Rand von frischem Gras, von der Sonne beschienen und stark glänzend, herauszubekommen, ist sehr schwer. Siehst Du, das ist eine von den

Skizzen, von denen ich behaupten möchte, dass man sie nicht unbedeutend finden wird, dass sie einem etwas sagen.

Ich habe mir beim Arbeiten immer gesagt: Höre damit nicht auf, bevor etwas Herbstabendstimmung darin liegt, etwas Mysteriöses, etwas, worin ein tiefer Ernst liegt.

Ich muss aber, damit die Wirkung nicht ausbleibt, schnell malen. Die Figuren sind in wenigen kräftigen Strichen hintereinander, mit einem derben Pinsel aufgesetzt. – Es frappiert mich, wie kräftig die Stämme in dem Boden wurzeln; ich fing sie mit dem Pinsel an, und es gelang mir nicht, das Charakteristische des Bodens, der schon mit dicken Farben aufgesetzt war, herauszubringen; ein Pinselstrich verschwand darin wie nichts. Darum drückte ich Wurzeln und Stämme aus der Tube heraus und modellierte sie etwas mit dem Pinsel; ja, nun stecken sie drin, wachsen daraus hervor und haben kräftig Wurzel gefasst.

In gewissem Sinne bin ich froh, dass ich nicht malen gelernt habe; vielleicht hätte ich dann gelernt an solchen Wirkungen vorüber zu gehen. Nun sage ich: nein – gerade das muss ich haben, geht es nicht, nun dann geht es eben nicht. Ich will es versuchen, obgleich ich nicht weiss, wie es eigentlich richtig ist.

Wie ich male, weiss ich selbst nicht. Ich setze mich mit einem weissen Brett vor den Fleck, der mich interessiert, sehe mir das an, was ich vor Augen habe, und sage zu mir selbst: aus dem weissen Brett muss etwas werden. Unzufrieden komme ich zurück: Ich stelle es fort und wenn ich etwas geruht habe, fange ich wieder mit einer Art Angst an, nachzusehen. Dann bin ich noch nicht zufrieden, denn die herrliche Natur lebt noch zu stark in meinem Geist. Aber doch, ich finde in meinem Werk einen Widerhall von dem, was mich fesselte, ich weiss, dass die Natur mir etwas erzählte, dass sie zu mir gesprochen hat, und dass ich das in Schnellschrift aufgeschrieben habe. In meiner Schnellschrift mögen Worte sein, die nicht zu entziffern sind, Fehler und Lücken, und doch ist vielleicht etwas darin, was der Wald, der Strand oder die Gestalten sagten. Und nicht in einer zahmen oder konventionellen Sprache, die nicht aus der Natur entsprang.

Du siehst, ich vertiefe mich mit aller Kraft ins Malen, ich vertiefe mich in die Farbe. Ich hatte mich bis jetzt davon fern gehalten, und es thut mir nicht leid. Hätte ich nicht gezeichnet, so würde ich eine Gestalt, die sich wie eine unausgeführte Terrakotte absetzt, nicht empfinden und in Angriff nehmen können. Jetzt aber fühle ich mich auf voller See – jetzt muss das Malen mit aller Kraft, die ich aufbringen kann, angefasst werden.

… Ich weiss sicher, dass ich das Gefühl für Farbe habe und mehr und mehr bekommen werde und dass das Malen mir in Mark und Bein sitzt.

Nicht der starke Farbenverbrauch macht den Maler. Aber um einen Erdboden ganz kräftig zu machen, um die Luft klar zu gestalten, muss man es schon nicht auf eine Tube ankommen lassen. Manchmal bringt es das Motiv mit sich, dass man dünn malt, manchmal gebietet es der Stoff, die Natur der Dinge selbst, dass die Farben dick aufgetragen werden müssen.

Bei Mauve – der noch im Vergleich zu J. Maris und noch mehr zu Millet oder Jules Dupré sehr massvoll malt – stehen im Atelier Zigarrenkisten mit den Ueberbleibseln von Tuben – eben so zahlreich wie die leeren Flaschen in den Ecken eines Zimmers nach einer Soirée (wie z. B. Zola sie beschreibt).

Du fragst nach meiner Gesundheit – wie steht es mit der Deinen? Ich sollte meinen, dass mein Heilmittel auch Dir helfen müsste, draussen sein, malen. Mir geht es gut. Jede Ermüdung macht mir

Beschwerden, doch wird es eher besser als schlechter. Ich glaube, es übt auch einen guten Einfluss, dass ich so mässig wie möglich lebe. Aber in erster Reihe bildet das Malen mein Heilmittel.

*

Ich wünschte, dass die vier Bilder, von denen ich Dir, lieber Théo, schrieb, schon fort wären. Ich fürchte, wenn ich sie noch lange hier behalte, vermale ich sie vielleicht wieder, und glaube, dass es besser ist, Du bekommst sie so, wie sie da sind.

Ich frage Dich nun, ist es für uns beide schliesslich nicht besser, emsig zu arbeiten, wenn auch Unannehmlichkeiten damit verbunden sind, als in einer Zeit wie der jetzigen dazusitzen und zu philosophieren? Ich kenne die Zukunft nicht, Théo, aber ich kenne das ewige Gesetz der Veränderung. Denke zehn Jahre zurück, da waren die Dinge anders; die Zustände, die Stimmung der Menschen, kurzum alles, und zehn Jahre später ist auch wohl so manches wieder anders. Aber etwas geschaffen zu haben, das bleibt; und man empfindet auch nicht sobald Reue darüber, dass man etwas geschaffen hat. Je thätiger je besser, und mir ist ein Missglücken lieber als ein Stillsitzen.

Es wird gar nicht mehr so arg lange dauern, bis das, was wir hervorbringen werden, ganz bedeutend sein wird. Du siehst es ja wohl selbst – und es ist eine Erscheinung, die mir unendlich viel Freude macht, – dass man anfängt, mehr und mehr Ausstellungen von einer einzigen Person, oder einigen wenigen zu machen, die zu einander gehören. Das ist eine Erscheinung im Kunsthandel, die meiner Meinung nach eine grössere Zukunft haben wird, als andere Unternehmungen. Wie gut, dass man anfängt zu verstehen, dass ein Bouguereau neben einem Jacques, eine Figur von Beyle oder Lhermitte neben einem Schelfhout oder Koekkoek nicht wirken kann.

Wenn ich meine Arbeit bei mir behielte, glaube ich, würde ich so manches daran vermalen. Dadurch, dass ich sie, sobald sie aus der Hütte kommt, Dir oder Pottier schicke, wird wohl manches darunter sein, das nichts taugt, – aber es werden dadurch auch Sachen erhalten bleiben, die durch häufiges Uebermalen nicht besser würden.

*

Das Bauernleben bringt so verschiedene Dinge mit sich, dass das „travailler comme plusieurs nègres", wie Millet sagt, der einzig mögliche Weg ist, es zu etwas zu bringen.

Man mag darüber lachen, dass Courbet sagt: „Engel malen! Ja, wer hat denn je Engel gesehen?"

Aber ich möchte z. B. bei dieser Gelegenheit von dem „Gerichtsverfahren im Harem" (das Bild von Benjamin Constant) mit demselben Recht sagen: Ja, wer hat denn je ein Gerichtsverfahren im Harem gesehen? Und so viele andere, maurische und spanische Bilder: „der Empfang bei den Kardinälen" u. s. w. Und dann all die historischen Bilder, die doch immer so lang wie breit sind. Wozu denn das Alles? Und was will man mit alledem? Das wird grösstenteils alles unfrisch und ledern, sobald einige Jahre darüber hingegangen sind, und langweilt immer mehr und mehr.

... Wenn jetzt Kenner vor einem Bilde stehen wie dem von Benjamin Constant, oder vor irgend einem Empfang bei einem Kardinal von, ich weiss nicht, welchem Spanier, so ist es ihnen zur Gewohnheit geworden, mit einer tiefsinnigen Miene etwas von „geschickter Technik" zu sagen. Wenn aber dieselben Männer von einer Scene aus dem Bauernleben, z. B. vor einer Zeichnung von Raffaëlli ständen, würden sie die Technik mit derselben Miene kritisieren.

… Ich weiss nicht, wie es Dir geht, aber was mich betrifft, je mehr ich mich damit beschäftige, desto mehr absorbiert mich das Bauernleben, und desto weniger kümmere ich mich um die Cabanelartigen Sachen (zu denen ich auch Jacques und den heutigen Benjamin Constant rechnen möchte) und um die vielgerühmte, aber auch unsagbar trockne Technik der Italiener und Spanier. „Imagiers"! Ich muss immer wieder an das Wort von Jacques denken – und doch habe ich kein Vorurteil, ich habe Verständnis für Raffaëlli, der doch etwas ganz anderes malt als Bauern, ich habe Verständnis für Alfred Stevens, für Tissot – und, um etwas zu nehmen, was ganz anders ist als Bauern, ich habe Verständnis für ein schönes Porträt. – Zola, der sich übrigens in seinem Urteil über Malerei meiner Ansicht nach kolossal vergreift, sagt in „mes Haines" etwas Schönes über die Kunst im allgemeinen: „Dans l'oeuvre d'art je cherche, j'aime l'homme, l'artiste." Siehst Du, das finde ich vollkommen richtig. Ich frage Dich, was steckt für ein Mann, was für ein Beobachter und Denker, was für ein Charakter hinter diesen gewissen Bildern, deren Technik gerühmt wird? Oft gar nichts. Aber ein Raffaëlli ist jemand, ein Lhermitte ist jemand; und bei vielen Bildern von fast unbekannten Künstlern fühlt man, dass sie mit starker Energie, mit Gefühl, Leidenschaft und Liebe gemacht sind.

Wenn man bedenkt, wie viel man zu laufen und zu schuften hat, um einen gewöhnlichen Bauersmann und seine Hütte zu malen, so möchte ich fast behaupten, dass diese Reise länger und beschwerlicher ist als die, welche viele Maler für ihre fremdländischen Sujets, – wie das „Gerichtsverfahren im Harem", oder „den Empfang bei den Kardinälen" – für ihre meist gesucht exzentrischen Sujets unternehmen. Tag ein Tag aus in den Hütten und wie die Bauern auf dem Lande leben; im Sommer die Sommerhitze, im Winter Schnee und Frost ertragen, nicht drinnen im Zimmer, sondern draussen, und nicht nur für einen Spaziergang, nein, Tag ein Tag aus wie die Bauern selber.

Scheinbar ist nichts einfacher, als Lumpensammler, Bettler oder sonstige Arbeiter zu malen, aber es giebt kein Motiv in der Malerei, das so schwer wäre wie diese alltäglichen Figuren. Es besteht, so viel ich weiss, keine einzige Akademie, in der man einen grabenden oder säenden Mann, eine Frau, die einen Topf über das Feuer hängt, oder eine Näherin zeichnen oder malen lernt. Aber in jeder Stadt, und sei sie von noch so geringer Bedeutung, ist eine Akademie mit einer Auswahl von Modellen für historische, arabische, für alle in Wirklichkeit nicht existierenden Gestalten.

*

Alle akademischen Figuren sind auf dieselbe Weise und, wir wollen es ruhig zugeben, „on ne peut mieux" an einander gesetzt. Tadellos, ohne Fehler! Du wirst schon merken, worauf ich hinaus will! Auch ohne dass ich da neue Entdeckungen machte.

Nicht so die Gestalten von einem Millet, einem Lhermitte, einem Régamey, einem Daumier; das passt schliesslich auch alles gut in einander; aber anders als die Akademie es lehrt. Ich glaube, dass eine Figur, so akademisch richtig sie auch sein möge, in jetziger Zeit doch überflüssig ist, und wäre sie von Ingres selbst (abgesehen jedenfalls von seiner „Source", weil die gerade etwas Neues war und auch bleiben wird), wenn es ihr an dem wesentlich Modernen, dem intimen Charakter, dem eigentlichen „es ist geschaffen" gebricht.

Wann wird das Figürliche denn nicht überflüssig sein, und wären zur Not Fehler, ja selbst grosse Fehler darin? Wenn der grabende Mann wirklich gräbt, wenn der Bauer ein Bauer und die Bäuerin eine Bäuerin ist. Ist das etwas Neues? Ja, selbst die Figuren von Ostade, von Terburg wirken nicht so wie die von heute.

Ich möchte hier noch viel mehr darüber sagen, und will dabei doch nicht unerwähnt lassen, wieviel ich von dem, was ich angefangen, noch besser machen möchte, und wieviel höher ich die Arbeit einiger Andern schätze als meine eigne. Ich frage Dich, kennst Du in der alten holländischen Schule einen einzigen grabenden Mann, einen einzigen Sämann??? Haben sie jemals versucht „einen Arbeiter" zu machen? Hat Velazquez das in seinem „Wasserträger" versucht, oder in seinen Typen aus dem Volk? Nein!

Die Figuren bei den alten Malern „arbeiten" nicht. – Ich studiere in diesen Tagen eifrig an einer Frau, die ich Wurzeln aus dem Schnee ausziehen sah. Siehst Du, so hat es Millet gemacht, so Lhermitte, im allgemeinen auch die Bauernmaler dieses Jahrhunderts und Israels. Sie fanden das schöner als irgend etwas anderes. Aber selbst in diesem Jahrhundert giebt es unter der Legion von Malern, die die Figur in erster Reihe um der Figur, d. h. um der Form und des Modells willen malen, so unendlich Wenige, die sie sich nicht anders denken können als arbeitend und das Bedürfnis haben, die Thätigkeit um der Thätigkeit willen darzustellen. Diesem Bedürfnis gingen die Alten aus dem Wege, auch die alten Holländer, die sich viel mit konventioneller Thätigkeit abgaben.

So, dass das Gemälde oder die Zeichnung sowohl ein Figurenzeichnen um der Figur und der unaussprechlich harmonischen Form des menschlichen Körpers willen, – als auch zu gleicher Zeit, „ein Wurzelnausziehen im Schnee", sei! Drücke ich mich verständlich aus? Ich hoffe es und sagte das schon einmal zu Serret; eine nackte Gestalt von Cabanel, eine Dame von Jacques, und eine Bäuerin, nicht von Bastien-Lepage selbst, sondern eine Bäuerin von einem Pariser, der auf der Akademie sein Zeichnen gelernt hat, werden die Gliedmassen und den Bau des Körpers immer in derselben Weise zum Ausdruck bringen – oft ganz charmant, was

Proportion und Anatomie anbetrifft ganz korrekt. Wenn aber Israels oder Daumier oder Lhermitte z. B. eine Figur zeichnen würden, wird man die Form der Körper viel mehr empfinden, obwohl – und deshalb erwähne ich Daumier gern mit – die Proportionen etwas beinah Willkürliches haben. Die Anatomie und der Bau der Körper wird in den Augen der Akademiker nicht immer unbedingt richtig sein. Aber es wird Leben haben! Und besonders auch bei Delacroix.

Ich habe mich noch nicht gut ausgedrückt: sage Serret, dass ich verzweifelt sein würde, wenn meine Figuren gut wären; sage ihm, dass, wenn man einen Grabenden photographiert, er meiner Meinung nach sicher nicht gräbt; sage ihm, dass ich die Figuren von Michel Angelo herrlich finde, wenngleich die Beine entschieden zu lang sind, die Hüften, das Becken zu breit; sage ihm, dass in meinen Augen Millet und Lhermitte darum die wahren Maler sind, weil sie die Dinge nicht so malen wie sie sind; trocken analysierend nachempfunden, sondern so wie sie sie empfinden; sage ihm, es wäre mein sehnlichster Wunsch, zu erlernen, wie man solche Abweichungen von der Wirklichkeit, solche Ungenauigkeiten und Umarbeitungen, die zufällig entstanden sind, macht: nun ja, – Lügen, wenn Du willst, aber wertvoller als die eigentlichen Werte.

Menschen, die sich in artistisch litterarischen Kreisen bewegen, wie Raffaëlli in Paris, denken darüber schliesslich ganz anders als z. B. ich, der ich draussen auf dem Lande lebe. Ich meine: sie suchen ein Wort, das alle ihre Ideen zusammenfasst. Er wirft für die Figuren der Zukunft das Wort „Charakter“ auf. Ich stimme, glaube ich, mit dieser Absicht überein, aber an die Richtigkeit des Wortes glaube ich ebensowenig wie an die Richtigkeit anderer Worte, so wenig wie an die Richtigkeit und das Zweckentsprechende meiner eigenen Ausdrücke. Anstatt zu sagen: es muss Charakter in einem grabenden Mann liegen, umschreibe ich es, indem ich sage, der Bauer muss ein

Bauer sein, der Grabende muss graben, und damit ist etwas darin, das wesentlich modern ist. Aber ich fühle es selbst, dass man aus diesem Wort Schlüsse ziehen kann, die ich nicht beabsichtigt habe.

Die „Bauerngestalt in ihrer Arbeit“ zu geben, siehst Du, das ist (ich wiederhole es) das eigentlich Moderne, das Herz der modernen Kunst, das, was weder die Renaissance noch die alte holländische Schule noch die Griechen gethan haben.

Mit der Bauern- und der Arbeiterfigur hat man als „Genre“ begonnen – aber augenblicklich mit Millet, dem unvergesslichen Meister, an der Spitze, ist sie das Herz der modernen Kunst selbst geworden und wird es bleiben.

Leute wie Daumier muss man hoch schätzen, denn sie sind Bahnbrecher … Je mehr Menschen Arbeiter- und Bauernfiguren machen, um so lieber würde ich es sehen. Und ich selbst, ich wüsste nicht, wozu ich mehr Lust hätte.

Dies ist ein langer Brief, und ich weiss noch nicht, ob ich deutlich genug ausgesprochen habe, was ich meine. Ich schreibe vielleicht noch ein Wort an Serret. Wenn ich es thue, schicke ich Dir den Brief zum Durchlesen, denn ich möchte es gern klar zum Ausdruck bringen, wie wichtig mir die Frage des Figürlichen ist.

… Was mich besonders bei diesem Rückblick auf die alten holländischen Bilder frappiert hat, ist, dass sie grösstenteils schnell gemalt sind. Dass diese grossen Meister wie Hals, Rembrandt, Ruysdael und viele andere, so viel wie möglich „du premier coup“ ansetzen, und nicht mehr viel darauf zurückkommen.

Ich habe in erster Reihe Hände von Rembrandt und Hals bewundert, Hände voller Leben, aber die nicht fertig waren, z. B. einzelne Hände bei den „Tuchmachern“, bei der „Judenbraut“. Und auch Köpfe, Augen, Nasen, Münder, die mit den ersten

Pinselstrichen aufgesetzt sind, ohne dass eine bessernde Hand angelegt wäre. Bracquemond hat sie gut radiert, so dass man die Art des Malens in seiner Radierung sehen kann.

Théo, wie notwendig ist es doch, in jetziger Zeit einmal nach den alten holländischen Bildern zu sehen! Und nach den französischen, wie Corot, Millet u. s. w. Die übrigen kann man zur Not ganz gut entbehren, sie bringen manch einen mehr vom Wege ab als er selbst glaubt. Hintereinander malen, so viel wie möglich hintereinander! Was ist das doch für ein Genuss, solch einen Frans Hals zu sehen! Wie grundverschieden sind doch diese Bilder von denen, in welchen alles auf dieselbe Weise glatt gestrichen ist.

Zufällig sah ich jetzt einen Meissonier, – den von Fodor – an demselben Tage, an dem ich alte holländische Meister, – Brouner, Ostade und vor allem Terborch sah. Nun, Meissonier machte es wie sie: ein sehr durchdachter, sehr berechneter Versuch, aber in einem Zug gemacht und wo möglich schon auf den ersten Anhieb gut.

Ich glaube, es ist besser mit dem Messer einen missglückten Teil wieder fortzunehmen und wieder von vorn anzufangen, als immer wieder darauf zurückzukommen.

*

Ich sah eine Skizze von Rubens und eine Skizze von Diaz ungefähr zu gleicher Zeit. Wohl waren sie nicht gleich, aber die Ueberzeugung, dass die Farbe die Form ausdrückt, wenn sie an ihrem Platz und in der rechten Verbindung steht, das haben sie doch wohl gemein. Namentlich Diaz sitzt der Maler in Mark und Bein, und die Gewissenhaftigkeit steckt ihm in den Spitzen seiner Finger.

*

Ich muss noch einmal auf gewisse Gemälde der Jetztzeit zurückkommen, die immer zahlreicher und zahlreicher werden.

Man hat vor zehn, fünfzehn Jahren angefangen von „Helle“ und „Licht“ zu sprechen. Zugegeben, dass das ursprünglich gut war – es lässt sich nicht leugnen, dass meisterliche Dinge durch das System entstanden sind –, aber mehr und mehr artet es in eine durch die ganze Malkunst gehende Ueberproduktion von Bildern aus, die an allen vier Seiten dasselbe Licht, denselben, wie sie es, glaube ich, nennen, „Tageston“, dieselbe lokale Färbung zeigen, – ist das gut??? Ich glaube nicht.

Ist in dem Ruysdael von van der Hoop (der mit der Mühle) nicht „Freilicht“? Ist da keine Luft darin, kein Raum? Luft und Erde bilden ein Ganzes, gehören zu einander.

Van Goyen, der Corot unter den Holländern! Ich stand lange Zeit vor dem monumentalen Gemälde aus der Sammlung Dupper.

Das Gelb von Frans Hals, nenne man es, wie man es wolle: „citron amorti“ oder „jaune chamois“, was ist damit gethan? Es scheint auf dem Bilde ganz hell, man halte aber einmal Weiss dagegen ...

Die grosse Lehre, die die alten holländischen Meister uns gegeben, ist, dünkt mich, diese: Zeichnung und Farbe als Eines anzusehen, eine Ansicht, die Bracquemond auch teilt. Das thun nun nicht viele; sie zeichnen mit Allem, ausgenommen mit gesunder Farbe.

Ich habe gar keine Lust, viel Bekanntschaften unter den Malern zu machen.

Aber, um noch einmal auf die Technik zurückzukommen. In der Israelsschen Technik ist viel Gesünderes und Tüchtigeres – z. B. in erster Reihe in dem ganz alten Bild „der Fischer von Zandvoort“ mit prächtigem clair-obscur –, als in der Technik derjenigen, die durch ihre stahlkalte Farbe überall gleich glatt, flach und distinguiert sind.

Den Fischer von Zandvoort hänge man ruhig neben einen alten Delacroix; „la Barque de Dante“, das ist dieselbe Familie. Daran glaube ich, aber die Bilder, die überall gleich hell sind, werden mir immer verhasster.

Es ist für mich unangenehm, dass sie von mir sagen, ich hätte „keine Technik". Es ist möglich, dass sich das im Sande verläuft, weil ich mich von allen Malern fern halte. Es ist aber richtig, dass ich Viele und zwar diejenigen, welche am meisten darüber faseln, gerade in Bezug auf die Technik schwach finde. Das schrieb ich Dir schon. Aber wenn ich mit einem oder dem anderen meiner Werke in Holland zum Vorschein komme, weiss ich im voraus, mit wem ich es zu thun bekomme, und mit welchem Kaliber von Technikern. Inzwischen halte ich mich viel lieber zu den alten Holländern, den Bildern von Israels und zu denen, die sich direkt an Israels anlehnen; was die Neueren nicht thun; sie stehen viel eher Israels schnurstracks entgegen.

Was sie „Helle" nennen, ist in vielen Dingen nichts anderes als ein hässlicher Atelierton in einem unwohnlichen Stadtatelier. Die Dämmerung am frühen Morgen oder am Abend scheint man nicht zu sehen; es scheint nichts anderes für sie zu existieren, als die Stunden von Mittags 11-3 Uhr, – wahrlich eine ganz sittsame Zeit, – aber oft ganz charakterlos.

Ich will diesen Winter verschiedene Dinge ergründen, die mir auf alten Bildern betreffs ihrer Manier auffielen. Ich habe viel gesehen, was mir not that. Aber vor allen Dingen, was man „enlever" nennt: das ist etwas, was die alten Holländer famos verstanden.

Von diesem „enlever", mit wenigen Pinselstrichen, will man heutzutage nichts mehr wissen. Aber wie sehr beweisen die Resultate, dass dies Verfahren richtig ist. Inwieweit haben viele französische Maler, wie hat ein Israels auch das gerade meisterlich gut verstanden! Im Museum habe ich an Delacroix viel gedacht. Warum? Weil ich vor Hals, Rembrandt, Ruysdael und andern stets an das Wort dachte: Wenn Delacroix malt, ist es gerade so, als wenn ein Löwe ein Stück Fleisch verschlingt. Wie richtig ist das! Und, Théo, wenn ich an das denke, was ich den technischen Klub nennen möchte, wie langweilig ist der! Sei aber überzeugt, wenn ich etwas mit den Herren zu thun bekomme, stelle ich mich dumm, aber – à la Vireloque – mit einem „coup de dent“ hinterher.

Und ist es nicht etwas Fatales, überall die gleichmässige Mache (was man Mache nennt), – überall dasselbe langweilige Weissgraulicht, an Stelle von Licht und Helldunkel – Farbe, Lokalfarbe an Stelle von Nuancen ...

Farbe sagt etwas durch sich selbst, das darf man nicht übersehen, das muss man ausnutzen. Was schön wirkt, wirklich schön, ist auch richtig. – Als Veronese die Porträts seiner „beau monde“ in der Hochzeit von Cana gemalt hat, da hat er den ganzen Reichtum seiner Palette in dunkel violetten, prächtig goldigen Tönen dazu verwendet, und dann noch ein dünnes Azurblau und perlartiges Weiss – das nicht in den Vordergrund tritt – dazu genommen. Er wirft es dahinter und es ist gut in der Umgebung der Marmorpaläste und des Himmels, die eigenartig das Figürliche komplettieren, es verändert sich ganz von selbst. So herrlich ist der Grund, dass er von selbst, „spontanément“ aus einer Farbenberechnung entstanden ist.

Habe ich Unrecht? Ist das nicht anders gemalt, als jemand es machen würde, der sich den Palast und das Figürliche zu gleicher Zeit als Ganzes gedacht hat?

Die ganze Architektur und der Himmel sind conventionell und dem Figürlichen untergeordnet, dazu bestimmt, die Figuren schön herauszubringen.

Das ist wahrhaftig malen und kommt schöner heraus als das genaue Wiedergeben der Dinge selbst. An ein Ding denken, die Umgebung dabei beachten und aus ihr heraus entstehen lassen?

Das Studium nach der Natur, das Ringen mit der Wirklichkeit will ich nicht fortdisputieren; jahrelang habe ich selbst es mit beinah fruchtlosen, allerlei traurigen Resultaten auf diese Weise angefangen. Ich möchte aber doch den Fehler nicht missen.

Dass das Fortfahren in dieser Manier Narrenarbeit wäre und dumm sein würde, davon bin ich überzeugt – aber nicht davon, dass alle meine Mühe absolut verloren gehen wird.

„On commence par tuer, on finit par guérir“ ist ein Spruch der Aerzte. Man fängt damit an, sich fruchtlos abzuquälen, der Natur zu folgen, man endet damit, still aus seiner Palette zu schöpfen, und die Natur folgt daraus. Aber diese beiden Gegenüberstellungen können neben einander nicht bestehen. Emsiges Studieren, und sei es scheinbar auch vergebens, zeitigt eine Vertrautheit mit der Natur, eine tüchtige Kenntnis der Dinge.

Die grösste, gewaltigste Einbildungskraft hat zu gleicher Zeit Dinge nach der Wirklichkeit hervorgerufen, vor denen man staunend verstummt.

*

... Ich will ganz einfach mein Schlafzimmer malen. Diesmal soll die Farbe alles machen, durch ihre Vereinfachung den Dingen einen grösseren Stil geben und dem Beschauer die absolute Ruhe und den Schlaf suggerieren. Mit einem Wort – der Anblick des Bildes soll den Geist oder vielmehr die Phantasie ausruhen. Die Wände sind blassviolett, der Fussboden hat rote Kacheln, das Holz des Bettes und der Stühle ist buttergelb, Laken und Kopfkissen hellgelbgrün. Die Decke scharlachrot, das Fenster grün, der Waschtisch orange, das Waschbecken blau, die Thüren lila. Das ist alles – sonst steht nichts im Zimmer, die Fensterladen sind geschlossen. Sogar das Vierschrötige der Möbel soll den Eindruck der Ruhe verstärken. Der Rahmen muss – da sonst kein Weiss im Bilde ist – weiss sein. Diese Arbeit wird mich für die unfreiwillige Ruhe, zu der ich verurteilt war, entschädigen. Ich werde morgen noch den ganzen Tag daran arbeiten, du siehst aber, wie einfach der Vorwurf ist. Schatten und Schlagschatten sind unterdrückt, die Farbe ist in stumpfen und ausgesprochenen Tönen gegeben wie buntgefärbter Krepp.

Mehrere Male schon bin ich auf den Docks und Deichen spazieren gegangen. Besonders wenn man aus dem Sand, der Heide und der Stille eines Bauerndorfes kommt und lange Zeit nur in einer stillen Umgebung war, wirkt der Kontrast eigenartig. Es ist ein unergründlicher Wirrwarr.

Eins der Goncourtschen Sprüchworte lautete: „Japonaiserie for ever." Nun, die Docks sind eine famose Japonaiserie, seltsam, eigenartig, ungeheuerlich – man kann sie wenigstens so sehen.

Die Gestalten sind stets in Bewegung. Man sieht sie in der sonderbarsten Umgebung, alles ungeheuerlich, in den verschiedensten, interessantesten Gegenüberstellungen.

Durch das Fenster eines sehr eleganten, englischen Restaurants blickt man auf den schmutzigsten Schlamm und auf ein Schiff, aus dem monströse Typen von Packträgern und ausländischen Matrosen Felle und Büffelhörner ausladen. Daneben vor dem Fenster steht ein sehr schwarzes, sehr feines, verschüchtertes Mädchen. Das Interieur mit der Gestalt, ganz Ton und Licht, die silberartige Luft über dem Schlamm und den Büffelhörnern – überall Kontraste, die besonders krass wirken.

Vlämische Matrosen mit übertrieben gesunden Gesichtern und breiten Schultern, kräftig und stark, und durch und durch antwerpensch, – stehen da, essen Muscheln und trinken Bier dazu, und das geschieht mit viel Geschrei und Bewegung. Auf der andern Seite: eine kleine Gestalt in Schwarz, die Hände auf den Hüften, kommt unhörbar an den grauen Mauern entlang geschlichen.

In einem Rahmen von kohlschwarzem Haar ein kleines Gesichtchen, braun, orangegelb? Ich weiss es nicht. Eben schlägt sie die Augen auf und wirft einen scheuen Blick aus einem Paar kohlschwarzer Augen. Es ist ein chinesisches Mädchen, geheimnisvoll, still wie eine Maus, klein, wanzenartig von Charakter. Ein Kontrast zu den grossen vlämischen Muschelessern ...

*

Gott sei Dank ist mein Magen wieder so weit hergestellt, dass ich drei Wochen lang von Schiffszwieback, Milch und Eiern leben konnte. Die wohlthätige Hitze giebt mir meine Kräfte wieder und es war gescheit von mir, jetzt nach dem Süden zu gehen, wo das Uebel noch zu heilen war. Ich bin jetzt so gesund wie andere Leute, was ich bisher nur sehr selten, z. B. in Nuenen, von mir sagen konnte. Das ist schon recht erfreulich (unter den anderen Leuten verstehe ich die streikenden Erdarbeiter, den alten Tanguy, den alten Millet und die Bauern).

Wer gesund ist, muss von einem Stück Brot leben und dabei den ganzen Tag arbeiten können. Auch eine Pfeife Tabak und einen gehörigen Schluck muss er vertragen, denn ohne das geht's nun mal nicht. Und dann noch Empfindung haben für die Sterne und den unendlichen Himmel. Dann ist es schon eine Wonne zu leben! –

*

Ich möchte von der tarasconer Post, dem Weinberg, der Ernte und von dem roten Cabaret Wiederholungen machen, besonders von dem Nachtcafé; denn als Farbe ist es so charakteristisch wie möglich. Nur die weisse Figur in der Mitte muss, wenn sie auch in der Farbe gut ist, besser aufgebaut und neu gemacht werden. – So sieht der Süden wirklich aus, das muss ich schon sagen. Das Ganze ist auf ein rötliches Grün zusammengestimmt.

Ich brauche nicht ins Museum zu laufen und Tizian und Velasquez zu sehen. Vor der Natur habe ich meine Studien gemacht und weiss nun besser, als vor meiner kleinen Reise, worauf es ankommt, wenn man den Süden malen will. Gott, Gott, was für Dummköpfe sind doch diese Künstler, sie sagen, Delacroix male keinen wirklichen Orient. Was, die Pariser, Gérôme etc., die malen den richtigen Orient, nicht wahr? Es ist doch ein schnurriges Ding mit dem Auftrag, dem Pinselstrich, draussen, bei Wind und Sonne, wenn einem die Leute über die Schulter gucken, da malt man drauf los bis die Leinwand voll ist, als ob der Teufel hinter einem stände. Und gerade dabei erwischt man das, worauf es hauptsächlich ankommt. Und das ist das ganze Kunststück.

Nach einiger Zeit nimmt man dann die Studie wieder vor und streicht alles mehr nach der Form, dann sieht's ja allerdings netter und harmonischer aus und man legt auch etwas von seiner Freudigkeit und seinem Lächeln hinein.

Ich weiss wohl, man muss, um gesund zu werden, den festen Willen dazu haben. Man muss sich in Leiden und Sterben schicken und auf Eigenwillen und Eigenliebe verzichten. Für mich ist das nichts. Ich will malen, sehen, Menschen und Dinge, das ganze pulsierende Leben, wäre es auch nur ein trügender Schein. Ja, das wahre Leben soll ja wohl in anderem bestehen, aber ich gehöre nicht zu den Leuten, die das Leben nicht lieben und jeden Augenblick bereit sind, zu leiden und zu sterben.

Erfolg, dauernden Erfolg kann wohl ein Mensch mit meinem Temperament nicht haben. Ich werde wohl nie soweit kommen, wie ich könnte und müsste.

*

Ich glaube immer noch, dass Gauguin und ich einmal zusammen arbeiten werden. Ich weiss, dass Gauguin Höheres leisten kann als was er bisher gemacht hat. Hast Du das Porträt gesehen, das er von mir gemacht hat, während ich Sonnenblumen malte? Mein Gesicht ist ja seitdem heiterer geworden, aber so sah ich damals aus, so bis zum Aeussersten ermüdet und mit Elektrizität geladen. – Hätte ich damals die Kraft gehabt, auf meinem Wege weiterzugehen, ich hätte Heiligen-Gestalten, Männer und Frauen, nach der Natur gemalt. Sie hätten wie aus einer anderen Zeit ausgesehen. Es wären Menschen von heute gewesen und hätten doch etwas von den ersten Christen gehabt.

Das ist zu aufregend, ich ginge dabei zu Grunde. Aber später, später, ich wills nicht verschwören, dass ich den Kampf nicht doch noch einmal aufnehme. Du hast ja recht, tausendmal recht! man soll an so etwas garnicht denken, Studien malen, was es ist, Kohl – Salat – um sich zu beruhigen und wenn man ruhig ist, dann ... dann macht man eben, wozu man das Zeug hat.

*

Es ist wirklich schade, dass es sowenig Armeleutebilder in Paris giebt. Ich glaube, dass sich mein Bauer neben Deinem Lautrec ganz gut halten würde. Ich schmeichle mir sogar, dass durch den starken Kontrast der Lautrec noch feiner wirken würde, während mein Bild durch die merkwürdige Nachbarschaft noch gewinnen müsste, weil das Sonnige und Verbrannte, Versengte, die heisse Sonne und die freie Luft neben dem Reispuder und der schicken Toilette noch stärker sprechen würden. Wie schlimm, dass die Pariser so wenig Geschmack an herzhaften Dingen finden, z. B. an den Monticellis.

Na, ich weiss ja, man darf den Mut nicht verlieren, weil Utopien nicht zur Wahrheit werden. Ich finde nur, dass alles was ich in Paris gelernt hab, zum Teufel geht und ich wieder auf das zurückkomme, was mir auf dem Lande vor meiner Bekanntschaft mit den Impressionisten das Richtige schien. Es sollte mich garnicht wundern, wenn die Impressionisten binnen kurzem an meiner Arbeit viel auszusetzen hätten, die ja auch mehr durch Delacroix' Einfluss als durch den ihren bestimmt worden ist. Denn statt genau das wiederzugeben, was ich vor mir sehe, gehe ich eigenmächtig mit der Farbe um. Ich will eben vor allem einen starken Ausdruck erzielen. Doch lassen wir lieber die Theorie beiseite, ich will Dir lieber an einem Beispiel klar machen was ich meine.

Denk Dir, ich male einen befreundeten Künstler, einen Künstler, der grosse Träume träumt, der arbeitet, wie die Nachtigall singt, weil es just seine Natur ist.

Dieser Mann soll blond sein. Alle Liebe, die ich für ihn empfinde, möchte ich in das Bild hineinmalen. Zuerst male ich ihn also so wie er ist, so getreu wie möglich, doch das ist nur der Anfang. Damit ist das Bild noch nicht fertig. Nun fange ich an willkürlich zu kolorieren. Ich übertreibe das Blond der Haare, ich nehme Orange, Chrom, mattes Citronengelb. Hinter den Kopf – statt der banalen Zimmerwand – male ich die Unendlichkeit. Ich mache einen einfachen Hintergrund aus dem reichsten Blau, so stark es die Palette hergiebt. So wirkt durch diese einfache Zusammenstellung der blonde beleuchtete Kopf auf dem blauen reichen Hintergrunde geheimnisvoll wie ein Stern im dunklen Aether.

Aehnlich bin ich auch bei dem Bauernporträt vorgegangen. Nun muss man sich aber so einen Kerl vorstellen in der glühenden Mittagssonne mitten in der Ernte. Daher dieses flammende Orange wie rotglühendes Eisen, daher die leuchtenden Schatten wie altes Gold. Ach, lieber Freund, das Publikum wird in dieser Uebertreibung nur die Karikatur sehen. Aber was machen wir uns daraus? Wir haben La Terre und Germinal gelesen und wenn wir einen Bauern malen, wollen wir zeigen, dass diese Lektüre Fleisch und Blut von uns geworden ist.

Ich habe nur die Wahl, ein guter oder ein schlechter Maler zu sein. Ich wähle das Erstere.

Briefe an E. Bernard

Ich glaube immer noch, dass man in den Ateliers so gut wie nichts von Malerei und auch nichts vom Leben lernt und dass man sich darauf einrichten muss, leben und malen zu lernen ohne zu den alten Mätzchen und Witzen seine Zuflucht zu nehmen.

Wenn man mit einem Maler auf gespanntem Fusse steht und darum sagt: Wenn so ein Kerl mit mir zusammen ausstellen soll, so ziehe ich meine Bilder zurück – und ihn dann schlecht macht, so scheint mir das nicht so gehandelt wie sich's gehört, denn bevor man so kategorisch urteilt, sollte man doch genau hinsehen und nachdenken. Bei einiger Ueberlegung fände man wohl – gerade wenn es sich um einen Feind handelt – an seinen eigenen Arbeiten nicht weniger auszusetzen, als an denen des Anderen? Der hat ja ganz ebensoviel Daseinsberechtigung wie wir. Wenn man bedenkt, dass der oder jener – mögen sie Pointillisten sein oder eine andere Richtung haben – auch manchmal etwas Gutes leistet, so müsste man, statt sie herunter zu reissen, gerade wenn es sich um einen

Feind handelt, mit Achtung und Sympathie von ihnen sprechen. Sonst wird man zu engherzig und ist nicht besser als jene, die keinen anderen gelten lassen und sich für die einzig Auserwählten halten. Das muss man selbst auf die Akademiker ausdehnen, denn nimmt man z. B. ein Bild von Fantin-Latour oder gar sein ganzes Lebenswerk! Der ist ja allerdings kein Neuerer und hat doch etwas Ruhiges und Sicheres, das ihn in die Reihe der unabhängigsten Charaktere stellt.

*

Mein lieber Bernard! Da ich versprochen hatte Dir zu schreiben, will ich gleich damit anfangen Dir zu sagen, dass das Land hier mir eben so schön wie Japan zu sein scheint durch die Klarheit der Luft und seine heiteren Farbeneffekte. Das Wasser steht in der Landschaft als Fleck von schönstem Smaragd oder reichem Blau, von der Farbe, wie wir sie aus Kreppstoffen kennen. Blasse Sonnenuntergänge lassen den Erdboden blau erscheinen. Prachtvoll gelbe Sonne! Und ich habe noch nicht einmal das Land in seiner gewöhnlichen Sommerherrlichkeit gesehen. Die Tracht der Frauen ist hübsch und Sonntags besonders sieht man auf dem Boulevard sehr naive und überraschende Farbenzusammenstellungen. Und zweifellos wird das im Sommer auch noch lustiger. Ich bedaure nur, dass das Leben hier nicht so billig ist wie ich es gehofft hatte und bis jetzt ist es mir noch nicht gelungen, mich so billig einzurichten, wie man es in Pont-Aven kann. Anfänglich habe ich fünf Francs bezahlt und jetzt bin ich bei vier Francs täglich. Man müsste den hiesigen Dialekt sprechen und man müsste Bouillabaisse und Aioli essen können, dann liesse sich sicherlich eine nicht kostspielige Pension in Arles finden. Wenn die Japaner in ihrem Lande nicht vorwärtskommen, setzt sich ihre Kunst zweifellos in Frankreich fort. – Am Anfang dieses Briefes schicke ich Dir eine kleine Skizze zu einer Studie, die mich beschäftigt und aus der ich etwas machen möchte – Matrosen, die mit ihrer Liebsten der Stadt zugehen, die sich mit ihrer Zugbrücke in merkwürdiger Silhouette von der riesigen gelben Sonnenscheibe abhebt. Ich habe noch eine andere Studie derselben Zugbrücke mit einer Gruppe Wäscherinnen gemacht.

*

Ich habe ein Haus gemietet, aussen gelb gestrichen, innen ganz geweisst, in vollster Sonne.

Ich habe folgendes Stillleben gemalt: eine Kaffeekanne aus blauer Emaille, eine tiefblaue Tasse mit Untertasse, einen Milchtopf, blasskobalt und weiss gewürfelt, eine Vase mit orange und blauen Mustern auf weissem Grunde, einen blauen Majolikatopf mit rosa Blumen und grünbraunen Blättern, das Ganze auf einem blauen Tischtuch gegen einen gelben Hintergrund. Zu diesen Gefässen zwei Apfelsinen und drei Citronen. Das giebt eine Symphonie von blauen Tönen, belebt durch eine Skala von Gelb bis zum Orange. Dann habe ich noch ein Stillleben: Citronen in einem Korbe auf gelbem Hintergrunde. Ausserdem eine Ansicht von Arles: Von der Stadt selbst sieht man nur einige rote Dächer und einen Turm, das Uebrige steckt im Grünen (Feigenbäume), alles ganz im Hintergrunde, darüber ein schmaler Streifen blauer Himmel. Die Stadt ist von vielen Wiesen umgeben, die mit Löwenzahn übersät sind, ein gelbes Meer. Diese Wiesen werden, ganz vorn, durch einen Graben abgeschnitten, der ganz mit violetter Iris gefüllt ist. Während ich daran malte, wurde gerade das Gras gemäht, daher ist es nur eine Studie und kein fertiges Bild, wie ich es beabsichtigt hatte. Aber was für ein Motiv, wie! Ein Meer von gelben Blumen, mit der Barre von violetter Iris, und im Hintergrunde die kokette, kleine Stadt mit ihren schönen Frauen!

*

Eine technische Frage – sage mir doch mal Deine Ansicht. – Schwarz und Weiss, so wie wir sie im Laden bekommen, will ich kühn auf die Palette setzen und sie benutzen wie sie sind. Wenn ich (Du musst aber daran denken, dass ich von der japanischen Vereinfachung der Farbe spreche) in einem grünen Park mit rosigen Wegen einen Herrn sehe, ganz schwarz angezogen, nimm mal an einen Friedensrichter, der den Intransigeant liest, über ihm der Himmel in reinstem Kobalt, warum in aller Welt sollte ich nicht besagten Friedensrichter in einfachem Schwarz und den Intransigeant in einfachem, rohen Weiss malen? – denn der Japaner abstrahiert von den Reflexen und setzt flache Töne einen neben den anderen – charakteristische Striche, die naiv Bewegungen oder Formen festhalten. – In einer anderen Gedankenreihenfolge: Bei einem Farbenmotiv, das z. B. einen gelben Abendhimmel darstellt, könnte man zur Not eine grellweisse Mauer, gegen den Himmel gesetzt, mit einem krassen Weiss oder mit demselben Weiss, durch einen neutralen Ton gedämpft, malen, denn der Himmel giebt ihr eine leise lila Tönung. – In dieser so naiven Landschaft, die eine ganz geweisste Hütte darstellen soll (sogar das Dach ist geweisst), auf ein orangefarbenes Terrain gestellt (denn der südliche Himmel und das Mittelmeer rufen ein intensives Orange hervor, da die blauen Töne sehr kräftig sind), giebt die schwarze Note der Thür, der Fenster und des kleinen Kreuzes auf dem Dach einen Kontrast von Schwarz und Weiss, der dem Auge ebenso wohl thut wie der Gegensatz von Orange und Blau. –

Nach derselben Theorie hier noch ein amüsanteres Motiv: Eine Frau in einem weiss und schwarz karrierten Kleid in derselben einfachen Landschaft, blauer Himmel, orange Erdboden. Es genügt vollkommen, dass das Schwarz und das Weiss Farben sind (wenigstens können sie in vielen Fällen als solche angesehen werden), denn ihr Kontrast ist ebenso pikant, wie z. B. Grau und Rot. Die Japaner bedienen sich übrigens derselben Töne, sie drücken fabelhaft schön den matten blassen Teint eines jungen Mädchens und den pikanten Kontrast des schwarzen Haares aus durch vier Federstriche auf weissem Papier; ebenso bei ihren schwarzen Dornbüschen, die sie mit unzähligen weissen Blumen besäen.

*

Endlich habe ich das mittelländische Meer gesehen und habe eine Woche in Saintes-Maries zugebracht. Um dorthin zu gelangen, bin ich mit der Post durch die Camargue gefahren, durch Weinberge, Wiesen und flaches Gelände wie in Holland. In Saintes-Maries sah ich Mädchen, die einen an Cimabue und Giotto denken liessen – gerade, dünn, ein wenig traurig und mystisch. Am Strande, der ganz flach und sandig ist, kleine grüne, rote, blaue Schiffe, in Form und

Farbe so reizend, dass man dabei an Blumen denkt. Ein Mann allein führt sie, diese Barken gehen aber nicht auf hoher See; sie fahren nur bei schwachem Wind ab und kommen zurück, sowie er zu stark wird.

Ich hätte grosse Lust, auch Afrika zu sehen. Aber ich mache keine festen Pläne für die Zukunft. Alles wird von den Umständen abhängen. Was ich kennen lernen wollte, war die Wirkung eines tieferen Blau des Himmels. Fromentin und Gérôme sehen den Süden farblos, und eine Menge Leute ebenfalls. Lieber Gott, natürlich, wenn man trockenen Sand in die Hand nimmt und ihn dicht vor die Augen hält – auf die Weise angesehen, sind Wasser und Luft auch farblos. – Kein Blau ohne Gelb und ohne Orange, und wenn ihr blau malt, malt doch gelb und orange auch – hab' ich recht?

Ich befinde mich hier im Süden entschieden besser als im Norden. Ich arbeite selbst in der vollen Mittagsstunde, bei greller Sonne, ohne irgend welchen Schatten, und siehst Du, ich fühle mich behaglich wie eine Grille. Gott, warum habe ich dieses Land nicht mit 25 Jahren kennen gelernt, statt mit 35 herzukommen. In jener Epoche aber war ich für das Graue begeistert, oder vielmehr für das Farblose, ich träumte immer einen Millet, und hatte meine Freunde in dem Malerkreis Mauve, Israels etc.

*

Ich habe den „Sämann“ gemalt. Ach, die schönen Kalenderillustrationen, in alten Landkalendern, wo der Hagel, der Regen, der Schnee und das schöne Wetter in ganz primitiver Weise dargestellt sind, wie sie Anquetin so gut für seine „Ernte“ gefunden hatte.

Ich will Dir nicht verhehlen, dass ich das Landleben nicht hasse – ich bin eben darin aufgewachsen. Plötzliche Erinnerungen von früher, das Sehnen nach jenem Unendlichen, wovon der „Sämann“, „die Garbe“ Zeugen sind, entzücken mich noch wie ehedem. Wann aber werde ich den Sternenhimmel malen – jenes Bild, das mich immer beschäftigt? Ach, ach, es ist wirklich so, wie der brave Cyprian in „En ménage“ von J. K. Huysmans sagt: „Die schönsten Bilder sind die, die man träumt, wenn man im Bett seine Pfeife raucht, die man aber nie malt.“ – Und doch muss man an sie herangehen, wenn man sich auch noch so inkompetent fühlt gegenüber der unsäglichen Vollendung, dem siegreichen Glanz der Natur.

Hier noch eine Landschaft: Untergehende Sonne, aufgehender Mond? jedenfalls Sommerabend: eine violette Stadt, gelbes Gestirn, grünblauer Himmel, Getreide in allen Tönen: altgold, kupfer, grünes

Gold, rotes Gold, gelbes Gold, gelbe Bronze, grün, rot. Ich habe es bei vollem Nordwind gemalt.

Folgendes wollte ich eigentlich über Weiss und Schwarz sagen: Nimm mal meinen „Sämann“: Das Bild ist in zwei Hälften geteilt, die obere ist gelb, die untere ist violett. Nun sieh: Die weisse Hose beruhigt und erheitert das Auge, in dem Augenblick, wo der starke, grelle Kontrast des Gelb und des Violett es irritieren könnte.

Ein Grund zu arbeiten ist, dass die Bilder bar Geld sind. Du wirst mir sagen, dass dieser Grund erstens recht prosaisch, zweitens nicht wahr ist; aber es ist doch wahr. Ein Grund nicht zu arbeiten ist, dass zunächst Leinwand und Farben viel Geld kosten. Nur Zeichnen ist billig.

Der Hauptgrund, warum ich dies Land so liebe, ist der, dass ich hier weniger die Kälte zu fürchten habe, welche die Zirkulation meines Blutes hemmt, und dadurch mich verhindert, zu denken oder irgend etwas zu thun. Du wirst das merken, wenn Du Soldat sein wirst und etwa hier in diese Gegend kommst. Deine Melancholie wird verfliegen – welche sehr leicht davon herrühren kann, dass Du zu wenig Blut hast. Das alles kommt von dem verdammten schlechten pariser Wein und dem niederträchtig schlechten Rindfleisch. Bei mir war es schon so weit gekommen, dass mein Blut nicht mehr zirkulierte, effektiv gar nicht mehr, im wahren Sinne des Wortes. Hier, ungefähr nach vier Wochen, ist es wieder in Bewegung gekommen, und, mein lieber Freund, in jener Zeit hatte ich einen Anfall von Melancholie wie Du jetzt hast, unter dem ich ebenso wie Du gelitten hätte, wenn ich ihn nicht freudig als ein Zeichen der beginnenden Heilung begrüsst hätte, die sich denn auch baldigst einstellte.

Das Symbol des heiligen Lukas, des Schutzpatrons der Maler, ist, wie Du weisst, ein Rindvieh. Man muss also geduldig wie ein

Rindvieh sein, wenn man das Kunstfeld beackern will. Wie gut haben es doch die Stiere, die nichts mit der verdammten Malerei zu thun haben.

Aber folgendes wollte ich noch sagen: nach der Melancholieperiode wirst Du frischer als vorher sein. Deine Gesundheit wird sich kräftigen und Du wirst die Natur um Dich herum so schön finden, dass Du gar keinen anderen Wunsch haben wirst, als zu malen. Ich glaube, Deine Poesie wird sich auch in gleicher Weise ändern. Nach Exzentrizitäten wirst Du dahin gelangen, Sachen von ägyptischer Ruhe und grösster Einfachheit zu machen.

*

Du wirst zweifellos zugeben, dass weder Du noch ich von Velasquez oder Goya ein volles Bild haben können, was sie als Menschen und als Maler waren, denn weder Du noch ich haben Spanien, ihre Heimat, und all die schönen Bilder, die im Süden geblieben sind, gesehen, was nicht verhindert, dass das Wenige, das man kennt, schon unendlich viel ist.

Fraglos ist es von eminenter Wichtigkeit, um die Künstler des Nordens, Rembrandt an der Spitze, kennen zu lernen, ihr Land und die etwas kleinliche und intime Geschichte jener Epoche, sowie die Sitten ihres alten Vaterlandes kennen zu lernen. Ich muss es wiederholen, weder Du noch Baudelaire habt eine genügend sichere Kenntnis von Rembrandt, und was Dich anbetrifft, möchte ich Dir immer wieder Lust machen, die grossen und die kleinen Holländer recht lange anzusehen, ehe Du Dir eine feste Meinung bildest. Hierbei handelt es sich nicht nur um seltene, kostbare Steine, sondern man muss aus Kleinodien herauslesen, und wird auch manchen unechten unter den echten Diamanten finden. So würde ich, obgleich ich doch nun schon mehr als 20 Jahre die Schule meines Vaterlandes studiere, in den meisten Fällen schweigen, wenn darauf die Rede käme, so falsch wird gewöhnlich die Frage behandelt, wenn über die Maler des Nordens diskutiert wird. – So kann ich Dir nur antworten: Herr Gott, sieh sie Dir nur ein wenig besser an, es lohnt tausendmal die Mühe. – Wenn ich z. B. behaupte, dass der Ostade des Louvre, welcher die Familie des Künstlers darstellt: den Mann, die Frau und zehn Kinder – ein Bild ist, das unendlich wert ist, studiert und durchdacht zu werden – ebenso der Friede zu Münster von Terburg – wenn, in der Louvresammlung, die Bilder, die ich gerade besonders hochschätze und hervorragend finde, sehr oft von den Künstlern vergessen werden, selbst von denen, die gerade wegen der Holländer kommen, so überraschen mich diese Irrtümer nicht. Denn ich weiss, dass meine Wahl auf Spezialkenntnisse gegründet ist, die die meisten Franzosen gar nicht erlangen können.

Ich verfolge keinerlei System beim Malen, ich haue auf die Leinwand mit regellosen Strichen und lasse sie stehen. Pastositäten – unbedeckte Stellen hier und da – ganz unfertige Ecken – Uebermalungen – Brutalitäten, und das Resultat ist (ich muss es wenigstens annehmen) zu beunruhigend und verstimmend, als dass Leute, die auf Technik sehen, daran Gefallen finden können.

Wenn ich so direkt immer nach der Natur male, suche ich in der Zeichnung das Wichtige aufzufassen. Dann fülle ich die durch den Kontur begrenzten Flächen (ob sie nun geglückt sind oder nicht: empfunden sind sie jedenfalls) mit vereinfachten Tönen aus. In allem, was Terrain ist, muss derselbe violette Ton vorkommen, der ganze Himmel muss im Grunde in einem blauen Ton gehalten sein, das Laubwerk blaugrün oder gelbgrün (wobei man absichtlich das Gelb oder Blau betonen muss) – mit einem Wort, keine photographische Nachahmung, das ist die Hauptsache!

Es scheint mir immer mehr und mehr, dass die Bilder, die gemalt werden müssten, die notwendigen und unumgänglichen Bilder, wenn die Malerei die heitere Höhe der griechischen Bildhauer, der deutschen Musiker, der französischen Romanschriftsteller erreichen soll, die Kraft eines einzelnen Individuums überschreiten. Sie müssten also demnach von einer Gruppe Künstler ausgeführt werden, die sich verbinden, um eine gemeinsame Idee auszuführen. Zum Beispiel einer hat einen glänzenden Farbenauftrag und es fehlt ihm an Ideen, jener hat eine Ueberfülle von ganz neuen dramatischen oder heiteren Eingebungen, ihm fehlt aber die richtige Form sie wiederzugeben. Grund genug, um den Mangel von Corpsgeist bei den Künstlern zu beklagen, die einander kritisieren, befehden, glücklicherweise ohne einander vernichten zu können. Du findest dies alles wohl banal? Wer weiss! Aber die Sache an sich, die Möglichkeit einer Renaissance, das ist doch gewiss keine Banalität!

Es thut mir manches Mal leid, dass ich mich nicht dazu entschliessen kann, mehr zu Hause und aus dem Kopf zu arbeiten. Sicherlich ist die Phantasie eine Fähigkeit, die man entwickeln muss, denn sie allein setzt uns in Stand, eine begeisterndere und tröstlichere Welt zu erschaffen, als wir mit einem flüchtigen Blick auf die Wirklichkeit, die sich stets wandelt und schnell wie der Blitz vorübergeht, auffassen können. Wie gern würde ich einmal versuchen, den Sternenhimmel zu malen! Und ebenso am Tage eine Wiese, vollbesät mit Löwenzahn! Wie soll einem aber das gelingen, wenn man sich nicht dazu entschliesst, zu Haus und nach der Phantasie zu arbeiten.

*

Was mich immer im Louvre zur Verzweiflung bringt, ist, mitansehen zu müssen, dass die Esel von der Verwaltung ihre

Rembrandts verderben lassen und so und so viele schöne Bilder ruinieren. – So ist der gelbe, unangenehme Ton von einigen Rembrandts die Wirkung eines Verblassens durch Feuchtigkeit oder andere Ursachen (Heizung, Staub etc.), was ich Dir an den Fingern nachweisen könnte. – Und daher ist es eben so schwer zu sagen, welche Farbe Rembrandt hat, als das Grau des Velasquez genauer zu präzisieren. Man könnte, mangels eines besseren Ausdrucks, Rembrandt-Gold sagen, damit hilft man sich auch, aber es ist recht vage.

Als ich nach Frankreich kam, habe ich vielleicht besser als mancher Franzose Delacroix und Zola verstanden, für die meine Bewunderung aufrichtig und grenzenlos ist. Da ich eine ziemlich komplette Auffassung von Rembrandt hatte, fand ich, dass Delacroix durch die Farben, und Rembrandt durch die Valeurs wirkt, aber sie sind einander ebenbürtig. Zola und Balzac, welche auch die Maler eines ganzen Zeitalters sind, bereiten denen, die sie lieben, seltene Kunstgenüsse, dadurch, dass sie das Ganze der Zeit wiedergeben, die sie schildern.

Wenn auch Delacroix die Menschheit, das Leben malt, statt einer Epoche im allgemeinen, so gehört er darum nicht weniger zu der Familie der Universalgenies. Ich liebe sehr die Schlussworte eines Artikels, wenn ich mich nicht irre, von Théophile Silvestre, der einen Lobeshymnus so beschliesst: „So starb, beinah lächelnd, Eugène Delacroix, der, ein Maler grossen Namens, die Sonne im Kopf und Sturm im Herzen hatte, der von den Kriegern zu den Heiligen, von den Heiligen zu den Liebenden, von den Liebenden zu den Tigern und von den Tigern zu den Blumen überging."

Auch Daumier ist ein grosses Genie. Millet noch ein Maler einer ganzen Generation und ihres Milieus. Möglich, dass diese grossen Genies übergeschnappt sind und dass man auch übergeschnappt sein muss, um den Glauben und die grenzenlose Bewunderung für sie zu haben. Wenn dem so wäre, würde ich meine Verdrehtheit der kühlen Vernunft der anderen vorziehen.

Rembrandt studieren – das ist vielleicht der direkteste Weg. – Aber erst mal ein Wort über Frans Hals: Der hat nie den Heiland, die Verkündigung an die Hirten, eine Kreuzigung oder Auferstehung gemalt, niemals hat er nackte, wollüstige oder grausame Frauenleiber gemalt.

Immer, immer, immer hat er Porträts gemalt, nichts anderes: Soldatenbilder, Offiziers-Vereinigungen, Porträts von Magistratspersonen, die zur Beratung versammelt sind – die Porträts von Matronen, mit rosiger oder gelblicher Hautfarbe, in weissen Hauben, in schwarzen Woll- oder Atlaskleidern, die über das Budget eines Waisenhauses oder Hospitals diskutieren.

Er hat einen angeheiterten Trinker gemalt, die alte Fischhändlerin als lustige Hexe. Ein schönes böhmisches Weibsbild, Neugeborene im Steckkissen, den eleganten Kavalier, bon-vivant, mit forschem Schnurrbart, in Stulpstiefeln und Sporen.

Er hat sich und seine Frau gemalt, als junge Liebende, im Garten auf einer Rasenbank, nach der Hochzeitsnacht.

Er hat Strolche und lachende Strassenjungen gemalt, Musikanten und eine dicke Köchin.

Er kann nichts anderes, aber all dies ist dem Paradies von Dante, den Meisterwerken Michelangelos und Raffaels, ja selbst den Griechen ebenbürtig, es ist schön wie Zola, nur gesünder und heiterer, aber ebenso lebenswahr. Denn seine Zeit war gesünder und weniger traurig. Was ist nun Rembrandt? Genau dasselbe: ein Porträtmaler! Erst muss man diesen gesunden, klaren und übersichtlichen Gedanken von den beiden holländischen Meistern haben, die einander ebenbürtig sind, um dann erst tiefer in diesen Gegenstand einzudringen. Wenn man sich also diese ganze glorreiche Republik vorstellt, welche nur durch die beiden fruchtbaren Porträtisten in grossen Zügen vor das Auge gebracht wird, behalten wir einen weiten Spielraum für die Landschaften, Interieurs, Tierbilder und philosophischen Sujets. Aber ich beschwöre Dich, verfolge wohl meine Schlussfolgerungen, die ich versuche, Dir auf die einfachste Weise klar zu machen. – Fülle jeden Winkel des Gehirns mit jenem Meister Frans Hals, der die Porträts einer ganzen, bedeutenden, lebenden und unsterblichen Republik gemalt hat. Fülle auch jeden Winkel Deines Gehirns mit jenem nicht minder grossen Meister der holländischen Republik: Rembrandt van Ryn, ein grossangelegter Mensch, ebenso naturalistisch und gesund wie Hals – und nun sehen wir aus dieser Quelle – Rembrandt – die direkten und wirklichen Schüler, van der Meer aus Delft, Fabricius, Nicolaus Maës, Pieter de Hooch, Bol, ebenso wie die von ihm beeinflussten Künstler Potter, Ruysdael, Ostade entspringen.

Ich nannte Dir Fabricius, von dem wir nur zwei Bilder kennen. Dabei nenne ich noch nicht einen ganzen Haufen guter Maler, und vor allem nicht die unechten Diamanten. Und gerade diese unechten Steine sind dem französischen Laien am vertrautesten. War ich verständlich? Ich versuche die grosse, einfache Lösung zu zeigen: die Malerei der Menschheit – oder sagen wir lieber einer ganzen Republik mittels des Porträts – viel später werden wir etwas mit Magie, mit Heilandbildern und Frauenakten zu thun haben, das ist ungeheuer interessant, aber nicht die Hauptsache.

Ich glaube nicht, dass die Frage über die Holländer, die wir in diesen Tagen erörtern, ohne Interesse ist. Sobald von Männlichkeit, Originalität oder Naturalismus die Rede ist, so ist es sehr interessant, sie um Rat zu fragen. Aber erst muss ich einmal über

Dich sprechen, über zwei Stilleben, die Du gemalt hast und über zwei Porträts Deiner Grossmutter. Ist Dir jemals etwas besser gelungen? Warst Du in irgend einer Arbeit mehr ein Eigener, eine Individualität? Meiner Meinung nach, nein! Das gründliche Studium des ersten Gegenstandes, der Dir unter die Hände kam, der ersten Person, genügte Dir, um ernst zu schaffen. Weisst Du, was es war, das mir diese drei oder vier Studien so wert machte? Etwas unerklärlich Eigenwilliges, etwas sehr Kluges, Zielbewusstes, Festes, etwas unbeirrt Sicheres, das war es. Niemals warst Du Rembrandt näher als damals, lieber Freund. In Rembrandts Atelier, unter den Augen dieser unvergleichlichen Sphinx, hat van der Meer aus Delft jene ausserordentlich solide Technik gefunden, die nie mehr übertroffen wurde und nach welcher man jetzt brennend sucht. Ich weiss schon, dass wir jetzt nach Farbe suchen und arbeiten, wie sie nach dem Halbdunkel und nach Valeur. Was machen aber diese kleinen Unterschiede, wenn es sich vor allem darum handelt, sich stark auszusprechen.

Augenblicklich bist Du dabei, die Malweise der frühen Italiener und Deutschen zu untersuchen, die symbolistische Bedeutung, welche die spiritualisierte und mystische Malerei der Italiener vielleicht enthält – fahre nur darin fort ...

Ich finde eine Anekdote über Giotto ganz hübsch: Es war ein Preisausschreiben für irgendein Bild, das die Jungfrau darstellen sollte. Ein Haufen Entwürfe wird an die damalige Verwaltungskommission der schönen Künste geschickt. Einer davon, Giotto signiert, ist ein einfaches Oval, eine Eiform. Die Jury, zwar sehr intrigiert, aber doch voller Vertrauen, überweist das betreffende Jungfraubild an Giotto. Wahr oder nicht, mir gefällt die Anekdote.

Kehren wir nun aber zu Daumier und zum Porträt der Grossmutter zurück. Wann wirst Du uns wieder einmal Studien von solcher Solidität bringen? Ich fordere Dich dringend dazu auf, wenn ich auch keineswegs Deine Versuche die Linienführung betreffend unterschätze und gegen die Wirkung kontrastierender Linien und Formen durchaus nicht gleichgültig bin. Das Uebel, mein braver alter Bernard, liegt darin, dass Giotto und Cimabue ebenso wie Holbein und van Eyck in einem, Du gestattest das Wort, obeliskenhaften Milieu lebten, wo alles wie auf architektonischen Postamenten angeordnet war, wo jedes Individuum ein Baustein war, alles sich gegenseitig hielt und eine monumentale Gesellschaftsordnung bildete. Wenn die Sozialisten, wovon sie noch sehr weit entfernt sind, auf logische Weise ihr Gebäude konstruiert haben werden, so wird jene Gesellschaftsordnung wohl wieder auf ähnliche Weise ins Leben treten. Wir aber, weisst Du, leben in vollständiger Zügellosigkeit und Anarchie; wir Künstler, die wir die Ordnung und die Symmetrie lieben, wir isolieren uns und arbeiten uns ab, um in irgendein einzelnes Stück Stil hineinzubringen. Puvis wusste das recht gut und als er, der kluge und ehrliche Mann, seine elysischen Gefilde vergass und zu unserer Epoche herabstieg, machte er ein sehr schönes Porträt, „den jovialen alten Mann", der in einem blauen Interieur einen Roman in gelbem Umschlag liest, neben sich ein Glas Wasser mit einem Aquarellpinsel und einer Rose – dann auch eine elegante Dame, wie sie die Goncourts geschildert haben.

Ja, die Holländer, die malen die Sachen wie sie sind, sicher ohne viel zu überlegen, wie Courbet seine nackten Schönen malte, sie malten Porträts, Landschaften und Stilleben. Das ist noch gar nicht das Dümmste. Aber wenn wir, weil wir nicht wissen, was wir thun sollen, es ihnen nachmachten, so geschähe das doch nur, um unsere schwache Kraft nicht in unfruchtbaren metaphysischen Grübeleien auszugeben, die das Chaos nicht in ein Wasserglas pressen können, denn gerade darum ist es ja das Chaos, weil es in kein Glas von unserm Kaliber hineingeht.

Wir können – und das machten ja gerade diese Holländer, die für Leute von System verteufelt gescheit waren – eben auch nur ein Atom aus dem Chaos malen: ein Pferd, ein Porträt, eine Grossmutter, Aepfel oder eine Landschaft.

*

Die Malerei von Degas ist männlich und unpersönlich, gerade weil er sich damit begnügt hat, für seine Person ein einfacher Bourgeois zu sein, der nichts vom Lebensgenuss wissen will: er sieht das menschliche Getier um sich herum leben und geniessen, und malt es gut, weil er nicht wie Rubens Anspruch darauf macht, Kavalier und Lebemann zu sein ...

Neulich entdeckte ich hier eine kleine Radierung von Rembrandt und kaufte sie auch, eine männliche Aktstudie, realistisch und einfach. Er steht an eine Thür oder Säule gelehnt, in einem düstern Interieur; ein Sonnenstrahl streift von oben das gesenkte Gesicht und das volle rote Haar. Man kann dabei an Degas denken, so wahr empfunden und kräftig ist der Körper.

Sag' einmal, hast Du Dir jemals ordentlich „den Ochsen“ oder „das Innere eines Fleischerladens“ im Louvre angesehen? Ich glaube kaum. Es wäre geradezu eine Lust für mich, einen Morgen mit Dir in der Galerie der Holländer zu verbringen. All das lässt sich nicht beschreiben, aber vor den Bildern selbst könnte ich Dir solche Herrlichkeiten und Wunder zeigen, dass eben dadurch die Primitiven erst in zweiter Reihe in meiner Bewunderung stehen. Ich bin nun einmal so wenig exzentrisch!

Eine griechische Statue, ein Bauer von Millet, ein holländisches Porträt, eine nackte Frau von Courbet oder Degas, diese ruhige durchgearbeitete Vollkommenheit bewirkt es, dass mir die Primitiven und die Japaner daneben nur wie Schrift gegen Malerei vorkommen. Es interessiert mich zwar ungemein, aber ein abgeschlossenes Kunstwerk, eine Vollkommenheit macht uns die Unendlichkeit greifbar, und die Schönheit voll geniessen, giebt einem das Gefühl der Unendlichkeit ...

*

Kennst Du einen Maler, Namens van der Meer? Der hat z. B. eine sehr schöne vornehme Holländerin gemalt, die guter Hoffnung ist. Die Farbenskala dieses seltsamen Künstlers ist: blau, zitronengelb, perlgrau, schwarz und weiss. Schliesslich lässt sich ja auch in seinen wenigen Bildern der ganze Reichtum der Palette finden; aber die Zusammenstellung von zitronengelb, mattblau und hellgrau ist für ihn ebenso charakteristisch, wie es schwarz, weiss, grau und rosa für Velasquez sind. Natürlich sind die Holländer in den Museen und Sammlungen zu zerstreut, um sich danach ein Bild von ihnen zu machen, hauptsächlich wenn man nur den Louvre kennt. Und doch haben gerade die Franzosen: Ch. Blanc, Thoré, Fromentin am besten über diese Kunst geschrieben.

Die Holländer hatten gar keine Einbildungskraft und Phantasie, aber kolossalen Geschmack und ein untrügliches Gefühl für das Arrangement; sie haben keine Heiligen- und Christusbilder gemalt ... Rembrandt doch! Das ist wahr – aber er ist auch der Einzige, und wirklich biblisch gedachte Bilder kommen auch verhältnismässig wenig in seinem Lebenswerk vor; er als Einziger hat wohl Christusbilder u. s. w. gemalt. Aber die seinen gleichen keiner anderen religiösen Malerei; bei ihm ist es eine Art metaphysischer Zauberei.

Auf folgende Weise hat er Engel gemalt: Er hat ein Selbstporträt von sich gemacht, zahnlos und mit einer baumwollenen Mütze auf dem Kopfe.

Erstes Bild nach der Natur im Spiegel. Er träumt und träumt, und seine Hand malt wiederum sein Porträt, aber aus dem Kopf, der verzweifelte Ausdruck wirkt erschütternd.

Zweites Bild. Er träumt und träumt weiter, und wie kommt es! ich weiss es nicht! aber ebenso wie Sokrates und Mohamed ihren vertrauten Schutzgeist hatten, malt Rembrandt hinter den Greis, der eine Aehnlichkeit mit ihm selbst hat, einen Engel mit dem rätselhaften Lächeln des Leonardo ... Ich zeige Dir einen Künstler, der träumt und nach der Phantasie schafft, nachdem ich gerade behauptet habe, dass das Charakteristische der Holländer ist, dass sie keine Erfindungsgabe und keine Phantasie haben. Bin ich dadurch unlogisch? Nein! Rembrandt hat nichts erfunden; er kannte und fühlte ganz genau diesen Engel und diesen sonderbaren Heiligen.

Delacroix malt uns einen gekreuzigten Christus, indem er ganz unerwartet einen hellen zitronengelben Ton hinsetzt; diese glänzende farbige Note giebt dann dem Bilde jenen unbeschreiblichen und geheimnisvollen Zauber, wie ein einsamer Stern am dunklen Abendhimmel. Rembrandt arbeitet mit den Valeurs in derselben Weise, wie Delacroix mit den Farben. Uebrigens ist aber ein weiter Weg zwischen dem Vorgehen Delacroix' und Rembrandts und der ganzen übrigen religiösen Malerei.

*

Ich habe gerade das Porträt eines jungen Mädchens von 12 Jahren fertig gemacht: braune Augen, schwarze Haare und Brauen, graugelber Teint, auf weissem, stark mit veroneser Grün getöntem Hintergrund, in blutroter Jacke mit violetten Streifen, blauem Rock mit grossen Orangetupfen, in der niedlichen kleinen Hand eine Oleanderblüte. Ich bin dermassen dadurch erschöpft, dass mir der Kopf gar nicht nach Schreiben steht.

*

Die Bibel ist Christus, denn das alte Testament strebt hin zu diesem Gipfel. Paulus und die Evangelisten bewohnen den anderen Abhang des heiligen Berges. Wie klein ist diese Geschichte! Herrgott, hier ist sie in ein paar Worten: Es scheint nur Juden auf der Welt zu geben, diese Juden, welche plötzlich erklären, dass alles ausser ihnen unrein sei. All die anderen südlichen Völker unter jener Sonne: die Aegypter, die Inder, die Aethiopier, Ninive, Babylon, warum haben sie ihre Annalen nicht mit derselben Sorgfalt aufgeschrieben? Das Studium von all diesem muss schön sein, und all das lesen können, wäre beinahe so wertvoll als gar nicht lesen können. Aber die Bibel – die uns so verstimmt, die unsere Verzweiflung und tiefsten Unmut in uns wachruft; deren Kleinlichkeit und gefährliche Torheit uns das Herz zerreisst – enthält einen Trost wie einen Kern in harter Schale, ein bitteres Mark und das ist Christus. Die Christusgestalt, so wie ich sie fühle, ist nur von Delacroix und Rembrandt gemalt worden, nur Millet hat die Lehre Christus gemalt. – Ueber den Rest der religiösen Malerei kann ich nur mitleidig lächeln, nicht vom religiösen, sondern vom malerischen Standpunkt aus. Die frühen Italiener, Flamen und Deutschen sind für mich Heiden, die mich nur ebenso interessieren wie Velasquez und so und so viele andere Naturalisten.

Christus, als einziger unter allen Philosophen, Magiern etc., hat als Hauptdogma ein ewiges Leben bejaht, die Unendlichkeit der Zeit, die Nichtigkeit des Todes, die Notwendigkeit und Wichtigkeit der

Wahrheit und der Hingebung. Er hat unbeirrt als Künstler gelebt, ein grösserer Künstler als irgend einer, den Marmor, den Thon und die Palette verachtend, denn er arbeitete in lebendigem Fleisch. Das heisst: dieser unglaubliche Künstler, der für das grobe Instrument unseres modernen, nervösen und zerrütteten Gehirns unbegreiflich ist, schuf weder Statuen, noch Bilder, noch auch Bücher – er sagt es selbst ausdrücklich – er schuf wirkliche lebende Menschen, Unsterbliche. Das ist etwas Ernstes, besonders weil es die Wahrheit ist. Dieser grosse Künstler hat also auch keine Bücher geschrieben. Unbedingt würde ihn die christliche Litteratur im ganzen empören. Denn wie selten sind in ihr litterarische Produkte zu finden, die neben dem Evangelium des Lukas, den Episteln des Paulus, die so einfach in ihrer harten und kriegerischen Form sind, Gnade finden würden. Aber wenn auch dieser grosse Künstler Christus es verschmähte, Bücher über seine Ideen und Sensationen zu schreiben, so hat er sicherlich das gesprochene Wort, hauptsächlich die Parabel nicht verachtet. (Welche Kraft liegt in dem Sämann, in der Ernte, in dem Feigenbaum!) Und wer unter uns würde wagen, zu sagen, dass er gelogen hätte, als er mit Verachtung den Fall der römischen Bauwerke weissagte, und dabei behauptete: Wenn selbst Himmel und Erde schwinden, so werden meine Worte nicht schwinden.

Diese gesprochenen Worte, die er als grand Seigneur nicht einmal für nötig hielt aufzuschreiben, sind der höchste Gipfel, den je die Kunst erreicht hat, in solcher reinen Höhe bekommt sie Schöpferkraft, erhabenste Schöpferkraft.

Solche Betrachtungen führen uns weit, weit hinweg (erheben uns noch selbst über die Kunst). Sie lassen uns einen Einblick thun in die Kunst, das Leben zu gestalten und schon im Leben unsterblich zu sein, und doch haben sie auch Beziehungen zur Malerei. – Der

Beschützer der Malerei, St. Lucas, Arzt, Maler und Evangelist, der leider Gottes nur das Rindvieh zum Sinnbild hat – ist da, um uns Hoffnung zu machen. Aber unser wahres und wirkliches Leben ist recht jämmerlich, wir armen, unglücklichen Maler vegetieren unter dem verdummenden Joch eines kaum ausführbaren Metiers auf diesem undankbaren Planeten, auf dem die Liebe zur Kunst uns die wahre Liebe unmöglich macht.

Da aber nichts gegen die Vermutung spricht, dass es auf unzähligen anderen Planeten und Sonnen ebenso Linien, Farben und Formen giebt, so bleibt es uns unbenommen, eine gewisse Heiterkeit in Bezug auf die Möglichkeit zu bewahren, unter höheren Bedingungen, in einer veränderten Existenz zu malen, etwa durch ein Phänomen, das vielleicht nicht unbegreiflicher und überraschender ist als die Umwandlung der Raupe in den Schmetterling, des Engerlings in den Maikäfer, welche Existenz des Maler-Schmetterlings einen der unzähligen Sterne zum Schauplatz haben könnte, die nach dem Tode uns vielleicht nicht unerreichbarer wären, als die schwarzen Punkte auf einer Landkarte, die im irdischen Leben Städte und Dörfer bedeuten.

Das Wissen! Die wissenschaftliche Logik scheint mir ein Instrument zu sein, das sich in der Folge noch ungeahnt entwickeln wird; denn z. B. hat man die Erde als eine Fläche angenommen. Das war auch ganz richtig. Sie ist es noch heute, von Paris bis nach Asnières. Das verhindert aber nicht, dass die Wissenschaft beweist, dass die Erde rund ist, was jetzt niemand bestreitet. Nun nimmt man ebenso jetzt an, dass das Leben flach sei, und von der Geburt zum Tode führe. Wahrscheinlich ist das Leben aber auch rund und weit höher an Ausdehnung und Fähigkeiten als die Sphäre, die uns bisher allein bekannt ist. Spätere Generationen werden uns wahrscheinlich über dieses interessante Problem aufklären und dann könnte eventuell die Wissenschaft – nichts für ungut – zu ungefähr denselben Schlüssen kommen, die Christus als die andere Hälfte des Lebens gelehrt hat. Wie dem aber auch sei, Faktum ist, dass wir Maler sind, im realen Leben, und dass wir unserm Schaffen unseren Atem einblasen sollen, solange wir selbst atmen.

Ach, das schöne Bild von Eugène Delacroix, die Barke Christi auf dem See Genezareth! Er, mit seiner blassgelben Aureole schlafend, leuchtend, in einem Fleck von dramatischem Violett, dunklem Blau, von Blaurot, die Gruppe der erschreckten Jünger auf dem furchtbaren smaragdgrünen Meer, welches steigt und steigt bis oben an den Rahmen. Welch genialer Entwurf!

Ich würde Dir Skizzen machen, wenn ich nicht gerade drei oder vier Tage lang nach einem Modell – einem Zuaven – gezeichnet und gemalt hätte und einfach nicht weiter kann. Das Schreiben, wiederum, ruht mich aus und zerstreut mich. Es ist scheusslich, was ich da gemacht habe, eine Zeichnung des sitzenden Zuaven, dann eine Oelskizze des Zuaven gegen eine ganz weisse Mauer: und dann ein Porträt des Zuaven gegen eine grüne Thür und einige orangegelbe Ziegel einer Mauer: alles hart und hässlich und schlecht gemacht. Dennoch, da wirkliche Schwierigkeiten dabei überwunden sind, kann es den Weg in die Zukunft ebnen. Die Figur, die ich mache, ist gewöhnlich schon für meine eigenen Augen abscheulich, wieviel mehr erst für die Augen anderer; und doch stärkt einen das Studium der Figur am meisten, wenn man es auf andere Weise macht, als es uns z. B. bei Herrn Benjamin Constant gelehrt wurde. Sag' mal: erinnerst Du Dich noch des Johannes des Täufers von Puvis? Ich finde den einfach fabelhaft und eben solche Hexerei wie Eug. Delacroix.

Mein Bruder macht momentan eine Ausstellung von Claude Monet, 10 Bilder, in Antibes von Februar bis Mai gemalt. Es soll wunderschön sein. Hast Du jemals Luthers Leben gelesen? Das ist nötig, damit einem Cranach, Holbein, Dürer verständlich wird. Er, seine gewaltige Persönlichkeit ist das hohe Licht der Renaissance.

*

Wenn wir einmal zusammen im Louvre wären, möchte ich gern die Primitiven mit Dir sehen. Ich gehe immer noch mit grösster Liebe zu den Holländern, Rembrandt an der Spitze, den ich früher soviel studiert habe. Dann Potter. Der stellt Dir auf eine Fläche von 4-6 Metern einen weissen Hengst hin, der brünstig und verzweifelt wiehert, über ihm ein düsterer Gewitterhimmel und das Tier vereinsamt in der zart-grünen Unendlichkeit einer feuchten Wiese. – Ueberhaupt, in diesen alten Holländern stecken Herrlichkeiten, die mit nichts anderem zu vergleichen sind.

Ich schicke Dir heute ein paar Skizzen nach Oelstudien; auf diese Weise lernst Du Motive kennen aus der Natur, welche den alten Cézanne begeistert hat. Denn die Crau, bei Aix, ist ungefähr dasselbe, wie die Umgebungen von Tarascon und die hiesige Crau. Die Camargue ist noch einfacher, denn da sind weite Strecken schlechten Bodens mit nichts anderem als Tamarindensträuchern und harten Gräsern bewachsen, die für diese mageren Weiden dasselbe sind, wie das Spartogras für die Wüste.

Da ich weiss, wie Du Cézanne liebst, denke ich mir, dass Dir diese Skizzen aus der Provence Freude machen könnten. Nicht etwa, dass irgend welche Aehnlichkeit zwischen einer Zeichnung von mir und Cézanne ist, Gott bewahre, ebensowenig wie zwischen Monticelli und mir; nur liebe ich dasselbe Land leidenschaftlich, das sie so geliebt haben, und auch aus denselben Gründen wegen der Farbe und der logischen Zeichnung.

Mit gemeinsamer Arbeit wollte ich damals nicht sagen, dass zwei oder drei Maler an demselben Bild arbeiten sollten, sondern ich verstand darunter eher abweichende Arbeiten, die aber doch zusammengehören und einander ergänzen. Sieh mal, die frühen Italiener, die deutschen Primitiven, die holländische Schule und die eigentlichen Italiener, bilden diese Werke nicht alle zusammen ganz unwillkürlich eine Gruppe, eine Serie?

Eigentlich bilden ja die Impressionisten auch eine Gruppe, trotz all ihrer unglückseligen Bürgerkriege, in welchen beide Seiten versuchen, einander aufzufressen, mit einem Eifer, der einer besseren Sache würdig wäre. In unserer nordischen Schule ist Rembrandt Herr und Meister, da sein Einfluss sich geltend macht bei jedem, der sich ihm nähert. Wir sehen z. B. Paul Potter Tiere malen in Brunst und Leidenschaft, beim Gewitter, im Sonnenschein, in der Melancholie des Herbstes, während dieser selbe Potter, bevor er Rembrandt kannte, trocken und kleinlich war.

Rembrandt und Potter sind zwei Menschen, die wie Brüder zu einander halten, und wenn auch Rembrandt nie einen Pinselstrich an Potters Bildern gethan hat, so hindert das nicht, dass Potter und Ruysdael ihm das Beste verdanken, was in ihnen ist: das unfassbare Etwas, wobei uns das Herz erschauert: wenn es uns gelingt, einen Winkel des alten Hollands zu erkennen, „à travers leur tempérament".

Ausserdem machen aber die materiellen Schwierigkeiten des Malerlebens die Zusammenarbeit und Vereinigung der Künstler wünschenswert (ganz ebenso wie zu Zeiten der Korporation Sanct Lucas), da sie einander das materielle Leben erleichtern, wenn sie sich wie gute Kameraden gern hätten, statt einander in den Haaren zu liegen. Die Maler würden glücklicher sein, in jedem Fall aber weniger lächerlich, dumm und niederträchtig. Aber – ich bestehe hierauf nicht weiter, – ich weiss schon, dass das Leben mit uns in so rasendem Lauf davongeht, dass man nicht Zeit hat, zu diskutieren und gleichzeitig zu handeln. Das ist der Grund, warum wir, da eine Vereinigung immer sehr unvollständig besteht, jetzt auf hoher See in unsern kleinen, jämmerlichen Barken fahren, einsam auf den grossen Wogen unserer Zeit. Ist sie eine Periode der Entwicklung oder des Verfalls? Wir können darüber nicht Richter sein, denn wir stehen ihr zu nahe, um nicht durch die Verzerrungen der Perspektive zu Irrtümern geführt zu werden. Die zeitgenössischen Ereignisse erhalten wahrscheinlich in unsern Augen übertriebene Proportionen, sowohl für unser Missgeschick wie für unser Verdienst.

*

Heute wieder einmal ein harter Arbeitstag. Was würdest Du wohl zu meinen jetzigen Arbeiten sagen? Jedenfalls würdest Du nicht den gewissenhaften und beinahe schüchternen Pinselstrich Cézannes darin finden. Da ich aber denselben Landstrich, die Crau und die Camargue, male, wenn auch an einer etwas anderen Stelle, so könnten immerhin einige Farbenanklänge darin vorhanden sein. Was weiss ich! unwillkürlich habe ich 'mal an Cézanne gedacht, gerade wenn ich mir seinen ungeschickten Pinselstrich (entschuldige das Wort „ungeschickt“) bei manchen Studien vorgestellt habe, die wahrscheinlich bei vollem Nordwind ausgeführt sind. Da ich, die Hälfte der Zeit, mit denselben Schwierigkeiten zu kämpfen hatte, erkläre ich es mir, warum Cézannes Pinselstrich manchmal sicher, manchmal ungeschickt ist: seine Staffelei wackelt eben. Ich habe einige Male rasend schnell gearbeitet; wenn es ein Fehler ist, kann ich mir nicht helfen. Zum Beispiel den „Sommerabend“, eine Leinwand von 30 cm im Quadrat, habe ich in einer Sitzung gemalt. Zum zweiten Male darangehen – unmöglich, sollte ich sie zerstören, warum eigentlich? Wo ich gerade bei starkem Nordwind hinausgegangen bin, um es zu malen. Ist es nicht vielmehr die Stärke des Gedankens, die wir suchen, als die Ruhe der Pinselführung und ist denn überhaupt bei solcher Arbeit, die im ersten Affekt direkt am Ort und nach der Natur gemacht wird, eine ruhige und ganz geregelte Malweise immer möglich?

Meiner Treu, mir scheint das ebensowenig möglich, wie beim Fechten.

Wenn sich doch mehrere Künstler zusammenthun würden, um an grossen Dingen gemeinsam zu arbeiten. Die Zukunftskunst könnte uns dann Proben davon zeigen. Für die notwendigen Bilder müsste man eben jetzt zu mehreren sein, um die materiellen

Schwierigkeiten ertragen zu können. Aber leider sind wir noch nicht so weit – mit der bildenden Kunst geht es nun 'mal nicht so schnell wie mit der Litteratur. Ich schreibe Dir heute wieder wie gestern, in grosser Eile, ganz abgehetzt, und augenblicklich bin ich nicht imstande zu zeichnen, der Morgen auf dem Felde hat alle meine Fähigkeiten erschöpft. Wie das müde macht solche südliche Sonne! Ich bin absolut unfähig, meine eigene Arbeit zu beurteilen, ich kann nicht sehen, ob die Studien gut oder schlecht sind. Ich habe sieben Getreidestudien: unglücklicherweise ganz gegen meinen Willen nur Landschaften, alles in einem Goldton, schnell, in wahnsinniger Hast, gemacht, wie der Schnitter, der schweigend in der glühenden Sonne schafft, nur in dem Gedanken, möglichst viel herunterzuschneiden.

Ich kann mir schon denken, dass Du einigermassen überrascht warst zu sehen, wie wenig ich die Bibel goutiere, obgleich ich schon öfter versucht habe, sie etwas eingehender zu studieren. – Eben nur ihr Kern, Christus, scheint mir vom künstlerischen Standpunkt aus höherstehend und jedenfalls etwas anderes als die griechischen, indischen, ägyptischen, persischen Altertümer, die doch auch weit vorgeschritten sind. Aber ich wiederhole es: dieser Christus ist mehr Künstler als alle Künstler – er arbeitet in lebenden Geistern und Körpern, er macht Menschen statt Statuen – dann, ja dann fühle ich mich als rechtes Rindvieh – da ich doch Maler bin – und ich bewundere den Stier, den Adler, den Mann, mit solcher Anbetung, dass sie mich gewiss davon abhalten wird, je ein Streber zu werden.

Ich komme immer mehr und mehr darauf, dass die Küche etwas mit unserer Fähigkeit, zu denken und Bilder zu malen, zu thun hat; bei mir z. B. trägt es nicht zum Gelingen einer Arbeit bei, wenn mein Magen mich stört. Im Süden sind die Sinne gesteigert, die Hand wird leichter, das Auge lebhafter, das Gehirn klarer – natürlich unter einer Bedingung: dass die Dysenterie oder ein anderes Unbehagen einem nicht das Ganze verdirbt und einen herunterbringt. – Daraufhin glaube ich behaupten zu können, dass, wer gern künstlerisch arbeiten will, im Süden seine Fähigkeiten gesteigert finden wird.

Die Kunst ist lang und das Leben ist kurz, und man muss mit Geduld versuchen, seine Haut teuer zu verkaufen. – Ich möchte in Deinem Alter sein und mit meinen Erfahrungen nach Afrika gehen, um dort zu dienen. Um gute Arbeit zu machen, muss man gut wohnen, gut essen und in Frieden seine Pfeife rauchen und seinen Kaffee trinken. Damit will ich nicht sagen, dass es nicht noch manches andere Gute giebt, jeder soll so machen, wie es ihm am besten zusagt, aber mein System scheint mir besser als alle anderen.

Fast gleichzeitig mit der Abschickung meiner Studien kam Deine und Gauguins Sendung an. Das war eine Freude, es ist mir ordentlich warm ums Herz geworden, als ich Eure beiden Gesichter sah. Dein Bild, das weisst Du, liebe ich sehr. Uebrigens, wie Du weisst, gefällt mir alles was Du machst, und vor mir hat vielleicht noch niemand Deine Sachen so goutiert wie ich. – Ich lege es Dir ans Herz, vor allem das Porträt zu studieren, arbeite darin soviel Du kannst und lasse nicht locker, wir müssen mit der Zeit das Publikum durch das Porträt erobern – darin liegt meiner Meinung nach die Zukunft. Aber verlieren wir uns nicht in Hypothesen.

Ein grosses Bild, – einen Christus mit dem Engel in Gethsemane; ein anderes, einen Dichter vor ausgestirntem Himmel darstellend – habe ich, trotz der Farbe, die daran gut war, ohne Gnade zerstört, weil die Form nicht zuvörderst nach den Modellen studiert war, was in solchem Falle notwendig ist.

Vielleicht sind meine letzten Studien gar nicht impressionistisch, dann kann ich mir auch nicht helfen. Ich mache, was ich mache, mit voller Hingabe an die Natur, ohne an irgend etwas anderes zu denken.

Ich kann nicht ohne Modelle arbeiten. Ich drehe wohl der Natur kühn einmal den Rücken zu, aber ich habe eine furchtbare Angst davor, die Richtigkeit der Form zu verlieren. Vielleicht später einmal, nach zehn Jahren Studium – aber wahr und wahrhaftig, ich habe eine so brennende Neugier nach dem Möglichen und Wirklichen, dass ich weder den Wunsch noch den Mut habe, ein Ideal zu suchen, das aus meinen abstrakten Studien entstehen könnte. Andere mögen für abstrakte Studien begabter sein, sicherlich gehörst Du dazu, auch Gauguin, vielleicht auch ich einmal, wenn ich alt bin, inzwischen füttere ich mich durch die Natur. Ich übertreibe wohl 'mal oder ändere am Motiv, aber ich erfinde nie das ganze Bild, im Gegenteil, ich finde es sogar fertig vor und brauche es nur aus der Natur herauszuschälen.

Das Haus wird mir jetzt wohnlicher vorkommen, wo ich die beiden Bilder von Euch darin habe. Wie glücklich wäre ich erst, Dich selbst im Winter darin zu haben. Es ist ja wahr, die Reise kostet ein bischen viel. Aber kann man nicht die Kosten riskieren und sie durch Arbeit wieder einbringen? Im Winter lässt es sich im Norden so schwer arbeiten – vielleicht hier auch, da ich ja noch gar keine Erfahrung darin habe, das muss man erst abwarten, aber es ist verdammt nützlich, den Süden zu kennen, wo sich das Leben mehr im Freien abspielt, um besser die Japaner zu verstehen. Und dann liegt in manchen Orten hier etwas so unerklärlich Erhabenes und Nobles, das Dir gerade sehr gut liegen würde.

Wenn Dein Vater einen Sohn hätte, der Gold in den Kieseln oder auf den Trottoirs suchen und finden würde, so würde Dein Vater sicherlich dieses Talent nicht missachten; nun hast Du meiner Ansicht nach mindestens ein ebenso wertvolles. Dein Vater könnte vielleicht bedauern, dass es nicht ganz neues und glänzendes Gold ist, das auch gleich in Louis geprägt ist, aber er würde vielleicht Deine Funde sammeln und sie nur zu einem guten Preise abgeben. Na, dann soll er doch dasselbe mit Deinen Bildern und Zeichnungen thun.

Die Idee, eine Art Freimaurerschaft von Malern zu bilden, gefällt mir nicht sonderlich, ich bin ein grosser Feind von Vorschriften, Institutionen u. s. w. – ich suche eben anderes als Dogmen, die, weit davon entfernt, Dinge zu ordnen, nur endlose Streitereien hervorrufen. Das ist ein Zeichen des Verfalls. – Da eine Malervereinigung vorläufig nur in sehr vagen Umrissen existiert, lassen wir doch vorläufig die Dinge gehen wie sie gehen. Es ist weit schöner, wenn sich so etwas ganz natürlich krystallisiert, je mehr gesprochen wird, desto weniger wird gethan. Wenn Du Dein Teil dazu beitragen willst, so musst Du nur mit Gauguin und mir weiter arbeiten.

*

Die Ausschmückung des Hauses absorbiert mich gänzlich, und ich hoffe und glaube, dass es ganz geschmackvoll wird, wenn auch ganz verschieden von allem was Du machst. Ich wäre recht neugierig, Skizzen aus Pont-Aven zu sehen, Du musst mir aber eine ausgeführtere Studie schicken. Na, Du wirst schon alles aufs beste machen, ich liebe nämlich Dein Talent so, dass ich mir mit der Zeit eine kleine Sammlung Deiner Werke anlegen will. – Mir war es immer sehr rührend, dass die japanischen Künstler oft solche Tauschgeschäfte unter einander gemacht haben. Das zeigt doch, dass sie sich liebten und zusammenhielten, dass eine gewisse Harmonie unter ihnen herrschte, und dass sie in brüderlicher Eintracht lebten, statt in Intriguen. Je mehr wir ihnen darin gleichen, desto wohler wird es uns ergehen. Es scheint auch, dass einige unter diesen japanischen Künstlern sehr wenig Geld verdienten und wie einfache Arbeiter lebten. Ich habe die Reproduktion (Publikation Bing) einer japanischen Zeichnung: ein einziger Grashalm. Welch ein Muster von Gewissenhaftigkeit! Ich werde es Dir gelegentlich einmal zeigen.

Die besten Projekte und Berechnungen gehen so oft in die Brüche; während wenn man auf gut Glück arbeitet, und aus dem Zufall Vorteil zieht, was der Tag einem zuträgt, man eine Menge guter, unvorhergesehener Sachen zuwege bringt. Gehe doch auf einige Zeit nach Afrika, der Süden wird Dich entzücken und Dich zu einem grossen Künstler machen. Auch Gauguin verdankt viel von seinem Talent dem Süden. Ich nehme nun seit Monaten die stärkere südliche Sonne in mich auf; das Resultat dieses Experiments ist, dass für mich, hauptsächlich vom koloristischen Standpunkt aus, Delacroix und Monticelli bestehen bleiben, Künstler, die man jetzt mit Unrecht zu den reinen Romantikern, zu Künstlern mit übertriebener Phantasie zählt. Sieh 'mal, der Süden, der von Fromentin und Gérôme so trocken wiedergegeben worden ist, ist sogar schon hier ein Land, dessen intimen Zauber man eben nur mit den Farben des Koloristen wiederzugeben vermag.

In meiner Skizze „der Garten“ ist vielleicht etwas wie „Des tapis velus - de fleurs et verdure tissus“. Auf alle Deine Zitate wollte ich Dir mit der Feder antworten, wenn auch nicht in Worten. Mir steht heute auch wenig der Kopf zu Diskussionen, ich stecke bis über die Ohren in der Arbeit. Ich habe nämlich zwei grosse Federzeichnungen gemacht, ein endloses flaches Land, von der Höhe eines Hügels in der Vogelperspektive gesehen: Weinberge, abgeerntete Getreidefelder, die sich bis ins Unendliche verlieren, und sich wie die Meeresoberfläche bis an den Horizont ausdehnen, der von den Hügeln der Crau begrenzt wird. Es sieht nicht japanisch aus und doch habe ich in Wahrheit nie etwas so Japanisches gemacht. Ein winzig kleiner Arbeiter, ein kleiner Zug, der durch die Getreidefelder fährt – das ist das ganze Leben, das man darauf sieht. Denk' mal: als ich an einem der ersten Tage an diesen Ort kam, sagte ein befreundeter Maler: „Das wäre aber blödsinnig langweilig zu malen!" Ich antwortete nichts darauf, fand es aber so herrlich, dass ich nicht einmal die Kraft fand, diesen Idioten anzuschnauzen. Ich bin wieder und wieder hergekommen, habe zwei Zeichnungen davon gemacht, von diesem flachen Land, in dem nichts ist – nichts als die Unendlichkeit, die Ewigkeit. Na und nun kommt, während ich so zeichne, ein Kerl an, nicht Maler, sondern Soldat. Ich frage ihn: Wundert es Dich sehr, dass ich dies ebenso schön wie das Meer finde? „Nein, das wundert mich gar nicht (er kannte übrigens das Meer), dass Du es ebenso schön wie das Meer findest, denn ich finde es noch viel schöner als den Ozean, da es bewohnt ist."

Wer war nun der kunstverständigere Beschauer, der Maler oder der Soldat? Für meinen Geschmack der Soldat, hab' ich nicht recht?

Ich will Menschen malen, Menschen und wieder Menschen, nichts geht mir über diese Serie von Zweifüsslern, angefangen vom kleinsten Wickelkind bis hin zu Sokrates, von der Frau mit schwarzen Haaren und weisser Haut bis zur Frau mit gelben Haaren und ziegelrotem, von der Sonne gebräuntem Gesicht. Inzwischen male ich andere Sachen.

Ich habe aber doch eine Figur dabei, die eine vollkommene Fortsetzung von einigen meiner holländischen Bilder ist. Ich habe sie Dir einmal mit verschiedenen Bildern aus jener Zeit gezeigt, die Kartoffelesser u. s. w. und ich hätte gern, dass Du auch diese siehst. Es sind immer Studien, bei denen die Farbe eine solche Rolle spielt, dass das Weiss und Schwarz einer Zeichnung sie Dir gar nicht wiedergeben könnte. Ich hatte sogar vor, Dir davon eine sehr grosse und sorgfältige Zeichnung zu schicken. Es wurde aber etwas ganz anderes, obgleich es ganz korrekt war, denn eben nur die Farbe kann die Suggestion der glühenden Luft geben, bei der Ernte, um die volle Mittagszeit und bei voller Hundstagshitze, und wenn die fehlt, dann ist es eben ein anderes Bild. Gauguin und Du, Ihr wisst, was ein Bauer ist, und wieviel von der Bestie darin sein muss, wenn er von der richtigen Rasse sein soll.

Ich denke daran, mein Atelier mit einem halben Dutzend Sonnenblumen zu schmücken; das wird eine Dekoration, bei der die grellen oder gebrochenen Töne des Chrom auf einen Hintergrund von verschiedenem Blau platzen werden, vom zartesten Veronesergrün bis zum Königsblau, mit dünnen Latten eingefasst, die mit Goldgelb gemalt sind; es soll so eine Art Effekt wie gotische Kirchenfenster haben. – Ach, wir Hirnverbrannten, was wir so durch die Augen für Genüsse haben, nicht wahr? Aber die Natur rächt sich dafür am Tier in uns, und unser Körper ist jämmerlich und oft eine schreckliche Last. Schon seit Giotto, der ein kränklicher Mensch war, ist es so. Aber welche Augenweide und welche Lustigkeit giebt einem das zahnlose Lachen des alten Löwen Rembrandt mit einem Tuch um den Kopf und der Palette in der Hand.

*

Der Kopf steht mir eigentlich gar nicht zum Briefschreiben, aber ich fühle solche Leere in mir, gar nicht mehr au courant zu sein, was Ihr, Gauguin und die anderen macht. Ich habe hier noch ein Dutzend Studien, die wahrscheinlich mehr nach Eurem Geschmack sind als jene vom letzten Sommer. Unter diesen Studien ist eine: Eingang in einen Steinbruch. Blasslila Felsen auf rötlichem Terrain, wie man es auf einigen japanischen Zeichnungen findet. In Zeichnung und Farbenverteilung in grossen Flächen hat es sogar eine gewisse Aehnlichkeit mit dem, was Ihr in Pont-Aven macht. In diesen letzten Studien führe ich mehr durch was ich will, weil mein Gesundheitszustand sich gebessert hat: z. B. eine Leinwand von 30, bebautes Land in lila Tönen, Hintergrund von Bergen, die hoch bis zum Rahmen ansteigen. Also nichts weiter als rauhes Terrain und Felsen mit einer Distel und trocknen Gräsern in einer Ecke, dazu ein Männchen in Violett und Gelb. Das wird Euch hoffentlich beweisen, dass ich noch nicht schlaff geworden bin.

Ach Gott, das ist ein recht armseliges Stückchen Land hier; alles ist so schwer wiederzugeben, wenn man seinen intimen Charakter treu herausbringen will und nicht damit zufrieden ist, etwas ungefähr Wahres zu malen, sondern den wahren Boden der Provence. Um das zu erreichen, muss man hart arbeiten, und dabei wird's dann natürlich etwas abstrakt, denn es handelt sich darum, der Sonne und dem blauen Himmel ihren natürlichen Glanz zu geben und dem verbrannten, melancholischen Boden seine Kraft, dass man darin das feine Aroma des Thymians spürt.

*

Als Gauguin in Arles war, habe ich mich, wie Du weisst, einmal verführen lassen, nach der Phantasie zu arbeiten, eine schwarze Dame, die in einer gelben Bibliothek einen Roman liest. Damals erschien mir das Arbeiten nach der Phantasie als etwas sehr reizendes. Aber, mein Lieber, das ist ein verzaubertes Land, und plötzlich sieht man sich vor einer unübersteigbaren Mauer. Vielleicht, nach einem Leben von männlichem Suchen und Streben, nach harten Kämpfen, Körper an Körper, mit der Natur, kann man sich daran wagen; aber ich will mir vorläufig nicht daran den Kopf einrennen und das ganze Jahr über habe ich mich nach der Natur abgequält, weder an den Impressionismus, noch an dies oder jenes denkend. Und doch habe ich mich wieder einmal gehen lassen, ein neuer Fehlschlag und ich habe genug davon. Also jetzt arbeite ich in den Olivenbäumen und suche die verschiedenen Effekte des grauen Himmels über gelbem Boden mit der schwarzgrünen Note des Laubes; ein anderes Mal, Boden und Laubwerk tief violett gegen gelben Himmel gesetzt, dann wiederum der Boden gelbrot gegen einen zartgrünen und rosa Himmel. Schliesslich interessiert mich das doch mehr als all die oben genannten Abstraktionen. Wenn ich so lange nicht geschrieben habe, so geschah es, weil ich keine Lust zum Diskutieren hatte und in dem vielen Nachdenken auch eine Gefahr sah, da ich gegen meine Krankheit kämpfen und mein Gehirn beruhigen musste. Beim ruhigen Arbeiten werden schon die schönen Sujets von selbst kommen, die Hauptsache nur ist, sich ganz an der Wirklichkeit zu stählen, ohne irgend welchen vorgefassten Plan, ohne eine von Paris ausgegebene Losung. Uebrigens bin ich mit diesem Jahr sehr unzufrieden, vielleicht aber wird es sich als eine solide Grundlage für das kommende herausstellen. Ich habe mich ganz von der Luft der Hügel und der Obstgärten durchdringen lassen und damit wollen wir 'mal sehen, wie wir weiter kommen. Mein ganzer Ehrgeiz beschränkt sich jetzt auf ein kleines Häuflein Erde: Getreide, das emporspriesst, ein Olivengarten, eine Zypresse (letztere übrigens nicht leicht zu machen). –

Weitere Briefe an seinen Bruder

Heute Morgen habe ich an einem Obstgarten mit blühenden Pflaumenbäumen gearbeitet; plötzlich kam ein heftiger Windstoss, der eine Stimmung brachte, die ich hier noch nie bemerkt hatte und die sich ab und zu wiederholte. Von Zeit zu Zeit brach die Sonne durch, die die kleinen weissen Blüten glitzern liess: es war zu schön! Mein Freund, der Däne, kam hinzu, und auf die Gefahr hin, bei jedem Windstoss die ganze Bescheerung auf der Erde zu sehen, malte ich weiter. In dieser weissen Beleuchtung ist sehr viel gelb, blau und lila, der Himmel ist weiss und blau. Aber was wird man von der Ausführung sagen, wenn man so im Freien arbeitet? Nachträglich habe ich recht bedauert, dass ich mir nicht Farben beim braven Tanguy bestellt habe; ich hätte zwar keinerlei Vorteil davon, aber es ist ein zu komisches Kerlchen! Ich denke noch oft an ihn, vergiss nicht, ihn von mir zu grüssen, wenn Du ihn siehst, und sage ihm, wenn er Bilder für sein Schaufenster haben möchte, könne er welche haben und zwar von den besten.

Ach, mir scheint es mehr und mehr, dass die Menschen die Wurzel alles Lebens sind, und wenn es auch ewig ein melancholisches Gefühl bleibt, nicht im wirklichen Leben zu stehen (insofern als es richtiger wäre, in lebendigem Fleische als in Farbe oder Thon zu arbeiten, insofern als man lieber Kinder machen als Kunst oder Kunsthandel treiben sollte), so fühlt man doch wenigstens, dass man lebt, wenn man bedenkt, dass man Freunde unter solchen hat, die auch nicht im wirklichen Leben stehen; und ebenso wie bei den Herzen der Menschen, so muss man auch bei den Geschäften Freundschaften erobern oder wieder beleben. Da man übrigens in Sachen des Impressionismus für den Ausgang kaum mehr zu fürchten hat und unserer Seite der Sieg gesichert ist, muss man sich auch anständig benehmen und alles muss in Ruhe erledigt werden.

*

Du hattest Recht, beim Farbenhändler doch den Geraniumlack zu bestellen, den ich soeben erhalten habe. Alle Farben, die der Impressionismus in Mode gebracht hat, verlieren leicht etwas von ihrer Stärke. Daher soll man sie kühn recht grell auftragen, die Zeit wird sie schon mehr als nötig dämpfen.

Keine der Farben, die ich bestellt habe: 3 Chrom (Orange, Gelb, Zitron), Preussischblau, Smaragdgrün, Veronesergrün etc. finden sich auf der Palette der holländischen Maler Maris, Mauve und Israels. Hingegen waren sie auf Delacroix' Palette, welcher eine Leidenschaft für die beiden verpöntesten Farben – Zitronengelb und Preussischblau – hatte und das aus guten Gründen, denn es scheint mir, er hat gerade Herrliches mit diesem Zitrongelb und Blau geschaffen.

Unwillkürlich stelle ich mir Marat als Aequivalent der Xantippe im moralischen Sinne (wenn auch mächtiger) vor; jene Frau mit der verbitterten Liebe bleibt ja trotz allem eine rührende Figur.

*

Ich arbeite jetzt an zwei Bildern, von denen ich Wiederholungen machen wollte. Der rosa Pfirsichbaum macht mir am meisten zu schaffen.

Du siehst wohl, dass die drei Obstgärten mehr oder minder zusammengehören. Ich male jetzt auch an einem kleinen Birnbaum in Hochformat, der von zwei Bildern in Breitformat flankiert werden soll. Das wären also zusammen sechs Bilder von blühenden Obstgärten; hoffentlich kommen noch drei andere, zusammengehörige hinzu: Ich möchte gern diese Serie von neun Bildern beieinander haben. Nichts hindert uns, die neun Bilder von diesem Jahre als ersten Entwurf für eine endgültige, viel grössere Dekoration anzusehen, die nach genau denselben Motiven im nächsten Jahre zur selben Zeit ausgeführt werden müsse.

*

Meine Zeichnungen sind mit einem Schilfrohr gemacht, das wie ein Gänsekiel gestutzt ist. Ich denke eine Serie von ihnen zu machen und hoffe, dass sie besser als die beiden ersten werden. Dies ist eine Methode, die ich schon damals in Holland probiert habe, dort hatte ich aber kein so gutes Rohr wie hier.

Erinnerst Du Dich, dass wir vor meiner Abreise darüber gesprochen haben, dass bei Gelegenheit der Weltausstellung Bonguerau, Lefèbvre, Benjamin-Constant und die ganze Clique sich bei Boussod beschweren und darauf bestehen werden, dass das Haus B. (das erste der Welt) rein und treu an den Prinzipien der höchsten und allein seligmachenden Kunst (natürlich ihren Bildern) festhalten müsse? Was auch daraus folgt, man muss sehr auf dem qui vive sein, denn es wäre mehr als peinlich, wenn Du Dich mit diesen Herren verzanktest. Wenn man aus dem Gefängnis kommt, nachdem man lange darin war, giebt es Augenblicke, wo man sich nach dem Gefängnis sehnt, weil man nicht mehr recht Bescheid weiss in der Freiheit (so genannt wahrscheinlich, weil die aufreibende Jagd nach dem täglichen Brot einem nicht einen Moment der Freiheit lässt).

Aber dies alles weisst Du selber ebenso gut, und manches wirst Du eben ungern aufgeben müssen, um anderes zu erreichen.

*

Nicht wahr, Daumier ist in den Beaux-Arts ausgestellt, und Gavarni? Ein Glück für Daumier, weniger für die Ausstellung. Wie ist denn das neue Buch über Daumier „L'homme et l'oevre"?

Ich hoffe, nach deinen Vermutungen, dass T. binnen kurzem nach Paris kommt. Das wäre ein rechtes Glück bei den Verhältnissen, von denen Du schriebst, jetzt, wo alle auf den Hund sind und es ihnen elend geht.

Vielleicht wäre es leichter, einige Bilderhändler und Amateurs ins Einvernehmen zu bringen, Impressionistenbilder zu kaufen, als die Künstler selbst dazu zu bringen, den Erlös der verkauften Bilder unter sich zu teilen. Und doch könnten die Künstler gar nichts Besseres thun, als zusammenzuhalten, ihre Bilder der Genossenschaft zu geben, den Verkaufspreis zu teilen, wenigstens insoweit, dass die Gesellschaft ihren Mitgliedern Arbeits- und Existenzmöglichkeit garantiert. Degas, Claude Monet, Renoir, Sisley, C. Pissaro müssten die Initiative ergreifen und sagen: Wir fünf geben jeder 10 Bilder (oder noch besser, wir steuern jeder im Werte von 10 000 Francs bei, welchen Wert die Sachverständigen bestimmen müssten, z. B. T. und Du, die die Gesellschaft anstellen würde, und diese Sachverständigen müssten ebenfalls ein Kapital in Bildern einlegen). Ausserdem verpflichten wir uns, jährlich einen Beitrag im Werte von so und soviel beizusteuern. – Und wir laden euch alle, Seurat, Gauguin, Guillaumin, ein, euch uns anzuschliessen, eure Bilder werden von derselben Jury auf ihren Wert geschätzt.

Dadurch würden „die grossen Impressionisten vom grossen Boulevard" ihren Prestige bewahren, und die anderen könnten ihnen nicht vorwerfen, dass sie für sich allein die Vorteile eines Rufes geniessen, den sie in erster Linie zweifellos ihren persönlichen Leistungen und ihrem individuellen Genie verdanken – der aber in zweiter Linie vergrössert, befestigt und erhalten wird durch ein Regiment von Künstlern, welche bisher in dauernder Geldklemme arbeiten. Es ist nur zu wünschen, dass aus der Sache etwas wird und dass T. und Du als Sachverständige gewählt werdet (zusammen mit Pottier eventuell). Du bist doch gewiss auch der Meinung, dass, wenn T. sich mit Dir zusammenthut, Ihr beide Boussod und Valadon bereden könnt, einen Kredit für die notwendigen Ankäufe zu gewähren; aber es ist eilig, sonst würden euch andere Händler zuvorkommen.

Hier haben sehr viele Motive ganz denselben Charakter wie in Holland: der Unterschied liegt nur in der Farbe. Ueberall ein Schwefelgelb, das der Sonnenbrand erzeugt, dabei ein Grün und ein Blau von einer Intensität! Ich muss sagen, die wenigen Landschaften von Cézanne, die ich kenne, geben es ausgezeichnet wieder; schade nur, dass ich nicht mehr davon gesehen habe.

*

Ich glaube, dass ich im ganzen genommen hier wie ein Arbeiter und nicht wie ein verweichlichter Fremder lebe, der zu seinem Vergnügen herumreist, und es hiesse keine Energie besitzen, wenn ich mich wie ein solcher ausnützen liesse. Ich fange an, ein Atelier einzurichten, welches hiesigen Malern oder den Kameraden dienen könnte, wenn sie herkommen.

*

Ich glaube, dass Du bald Freundschaft mit meinem Dänen schliessen wirst; er ist klug und hat Herz und hat wahrscheinlich erst seit kurzem zu malen angefangen. Benutze doch einen Sonntag, um seine Bekanntschaft zu machen.

Kennst Du G.'s Gesichtsausdruck, wenn er die Lippen zusammendrückt und sagt: „keine Frauen?“ Das gäbe einen schönen Degas-Kopf. Es lässt sich aber nichts dagegen sagen, denn den ganzen Tag geistig arbeiten, rechnen, nachdenken und Geschäfte überlegen, ist schon an und für sich genug für die Nerven.

*

In dem vollen Künstlerleben taucht immer wieder die Sehnsucht nach dem wirklichen Leben, das das unerfüllbare Ideal bleibt, auf; und es fehlt oft genug der Wunsch, sich ganz der Kunst hinzugeben, mit immer frischer Kraft. Man fühlt sich eben als Droschkengaul, und man weiss, dass man sich immer vor denselben Wagen spannen muss und möchte doch so gern auf der Wiese leben, in der Sonne, am Fluss, auf dem Lande mit anderen ebenso freien und lebenstrotzenden Gäulen. Und vielleicht kommt daher die Herzkrankheit, was mich nicht wundern sollte. Man lehnt sich nicht auf, aber man resigniert auch nicht, man ist eben krank, es wird nicht von selbst vorübergehen und es giebt auch kein Heilmittel dagegen. Ich weiss eigentlich nicht, wer diesen Zustand „einen Anfall von Sterben und Unsterblichkeit“ genannt hat.

*

Die Karre, die man zieht, muss Leuten nützlich sein, die man nicht kennt. Wenn wir an die neue Kunst und an die Künstler der Zukunft glauben, täuscht uns unsere Vorahnung nicht. Der gute Vater Corot sagte kurz vor seinem Tode: „Ich habe diese Nacht im Traum Landschaften mit rosafarbenen Himmeln gesehen.“ Und sind nicht nun in den impressionistischen Landschaften rosa und sogar gelbe und grüne Himmel? Dies nur, um zu beweisen, dass man manches für die Zukunft vorahnt, was dann wirklich eintritt. Wir stehen nun aber noch nicht am Rande des Grabes und fühlen, dass die Kunst grösser und länger als unser Leben ist. Wir fühlen uns nicht sterben, aber wir fühlen uns gering und um ein Glied in der Künstlerkette zu sein, zahlen wir einen harten Preis der Jugend, der Gesundheit, der Freiheit, die wir nicht mehr geniessen, als der arme Droschkengaul, der die Leute, die den Frühling geniessen wollen, in die freie Natur hinauszieht. Jene Hoffnung Puvis de Chavannes' soll und muss sich verwirklichen: es giebt eine Zukunftskunst und sie muss so schön und jung sein, dass, wenn wir ihr jetzt unsere eigene Jugend opfern, wir an Lebensfreude und Frieden gewinnen müssen.

*

Ich sehe nicht schwarz in die Zukunft, aber ich sehe sie voller Schwierigkeiten, und manchmal frage ich mich, ob sie nicht stärker sein werden, als ich. Das kommt hauptsächlich in den Augenblicken körperlicher Schwäche, und gerade in der letzten Woche litt ich an so mörderlichen Zahnschmerzen, dass ich notgedrungen Zeit verlor. Trotzdem habe ich Dir soeben eine Rolle kleiner Federzeichnungen geschickt, ich glaube ein Dutzend, aus denen Du ersehen kannst, dass, wenn ich auch zu malen aufgehört habe, ich nicht aufgehört habe, zu arbeiten. Du wirst unter ihnen eine flüchtige Skizze auf gelbem Papier finden: Eine Rasenfläche auf dem Platz am Eingang der Stadt, und im Hintergrunde ein Haus, dessen rechten Flügel (4 Zimmer oder vielmehr 2 Zimmer und 2 Kammern) ich gemietet habe. Das Haus ist aussen gelb angestrichen, innen geweisst und liegt in voller Sonne, ich habe es für 15 Francs monatlich gemietet.

*

Wenn, wie ich überzeugt bin, unsere Hoffnung uns nicht täuscht, und die Impressionisten-Bilder im Preise steigen werden, müsste man viele machen und sie nicht zu billig verkaufen. Ein Grund mehr, um die Qualität sorgfältig zu behandeln und keine Zeit zu verlieren. Dann, in einigen Jahren, sehe ich die Möglichkeit, das ausgegebene Kapital, wenn nicht als Geld, so doch als Wertobjekt in unseren Händen zu halten.

Ich bin davon überzeugt, dass die Natur hier wie gemacht dazu ist, um farbig zu malen, und daher ist es mehr als wahrscheinlich, dass ich mich von hier nicht fortrühren werde.

Raffaëli hat Edmond de Goncourts Porträt gemalt, das muss doch schön sein, nicht wahr?

Ich möchte einige japanische Nippes an den Wänden anbringen.

*

Du wirst schöne Sachen bei Claude Monet sehen und daher das, was ich Dir sende, im Vergleich schlecht finden. Ich bin jetzt unzufrieden mit mir und mit meiner Arbeit, aber ich sehe die Möglichkeit, in der Folge Besseres zu machen, und ich hoffe, später werden andere Künstler in diesem schönen Lande erstehen, die eine Kunst schaffen werden, wie die Japaner es bei sich gethan haben, und darauf hinzuarbeiten, ist schon nicht schlecht.

Ich glaube bestimmt, dass ich immer die hiesige Natur lieben werde; es geht einem wie mit der japanischen Kunst: liebt man sie einmal, so kommt man nicht mehr davon los.

*

Das Atelier ist hier zu sehr en vue, als dass, meiner Meinung nach, meine Installation irgend ein Weibsbild reizen könnte, und eine Unterrocks-Krise könnte zu leicht zu einem festen Verhältnis führen. Mir scheint es übrigens, als ob die Sitten hier viel weniger unmenschlich und wider die Natur sind, als in Paris. Aber mit meinem Temperament unsolide leben und arbeiten, das liesse sich nicht vereinbaren, und unter den gegebenen Umständen muss man sich damit begnügen, Bilder zu machen, was noch nicht das wahre Glück und Leben ist. Aber schliesslich: selbst das künstlerische Leben, obgleich wir wissen, dass es ein künstliches ist, erscheint mir noch so kräftig und lebendig, dass man undankbar wäre, wenn man damit nicht zufrieden wäre.

Mir scheint immer, als ob die Herren B. und V. sich gar nicht um die gute Meinung der Künstler kümmern. Aber, offen gesagt, fand ich die Nachricht schlecht und mir brach wider Willen dabei ein wenig der Angstschweiss aus; ich habe all diese Tage daran gedacht; denn diese Unterhaltung mit den betreffenden Herren ist doch bis zu einem gewissen Grade ein Symptom dafür, dass der Impressionismus nicht genug einschlägt.

Was mich betrifft, habe ich sofort aufgehört, Bilder zu malen und an einer Serie Federzeichnungen weitergearbeitet, denn ich hab' mir gesagt: ein Zank mit diesen Herren könnte weniger Ausgaben meinerseits wünschenswert für Dich machen. Ich hänge nicht so sehr an meinen Bildern und werde sie ohne Murren lassen, da ich glücklicherweise nicht zu jenen gehöre, die nur Bilder als Kunstwerke schätzen. Da ich im Gegenteil glaube, dass ein Kunstwerk sich auch mit weniger Geld herstellen lässt, habe ich eine Serie Federzeichnungen begonnen.

*

Weisst Du, was ich im ganzen von den Mädchen in Arles denke, von deren Schönheit man soviel spricht? Gewiss sind sie wirklich reizend; aber sie sind sicher nicht mehr das, was sie früher gewesen sein müssen. Und da ihre Rasse im Verfall ist, gleichen sie jetzt weit eher Mignard als Mantegna. Immerhin sind sie schön, sogar sehr schön (ich spreche hier nur vom romanischen Typus, der etwas langweilig und banal ist) und es giebt ausnahmsweise Frauen, wie Renoir und Fragonard sie malt, und solche, die man gar nicht in die bisherige Malerei einreihen kann. Von all diesen Gesichtspunkten betrachtet, wäre es das Beste, hier Frauen- und Kinderporträts zu malen. Aber – dazu fühle ich mich nicht ausersehen; dazu bin ich nicht genug „Bel-Ami“. Aber ich wäre riesig glücklich, wenn dieser Bel-Ami des Südens (Monticelli war es nicht, bereitete ihn aber vor, und ich fühle, dass er in der Luft liegt, wenn ich selbst es auch nicht bin) ich wäre riesig glücklich, sage ich, wenn in der Malerei ein Künstler käme, wie Guy de Maupassant in der Litteratur, der die schönen Menschen und Dinge hier fröhlich malen würde. Was mich anbetrifft, werde ich arbeiten und hier und da wird von meiner Arbeit etwas bleiben; aber wer wird so Menschen malen wie Claude Monet Landschaften? Trotzdem – Du musst es ebenso wie ich fühlen – liegt es in der Luft. Rodin? Er ist kein Kolorist, er ist nicht der Maler der Zukunft. Das muss ein Kolorist sein, wie noch keiner war. Manet hat ihn vorbereitet, aber Du weisst, dass die Impressionisten schon kräftigere Farben gehabt haben als Manet. Diesen Zukunftsmaler kann ich mir nicht in einem Leben wie das meine vorstellen: er dürfte nicht in kleine Restaurants gehen, falsche Zähne haben und Zuavenkneipen besuchen. Aber mein Gefühl sagt mir, dass alles dies in einer späteren Generation kommen wird. Und wir müssen in dieser Richtung alles thun was uns möglich ist, ohne zu zweifeln und ohne zu straucheln.

*

Ich habe eben wieder „Au Bonheur des Dames“ von Zola gelesen und finde es von Mal zu Mal schöner.

Ich schreibe Dir heute nochmal, weil ich, als ich die Rechnung in meinem Gasthof bezahlen wollte, wieder einmal konstatierte, dass ich ausgeräubert worden bin. Ich habe einen Ausgleich vorgeschlagen, der indessen nicht angenommen wurde, und als ich meine Sachen nehmen wollte, haben sie es nicht erlaubt. Schon gut, sagte ich, wir wollen beim Friedensrichter weiter darüber sprechen (wo ich vielleicht Unrecht bekomme). Nur muss ich jetzt genug Geld zurückbehalten, falls ich Unrecht bekomme: 67,40 Francs, statt 40 Francs, die ich schuldig bin. – Was mich oft traurig stimmt ist, dass es teurer ist als ich gerechnet hatte, und dass ich nicht mit demselben Geld auskomme wie die Kameraden in der Bretagne. Jetzt, wo ich mich besser fühle, halte ich mich trotzdem nicht für besiegt. Du hast schliesslich noch nichts von meinen Arbeiten hier gesehen, und ich habe schon viel Geld ausgegeben. Daher schicke ich Dir eine Kiste mit allen Arbeiten, die ich habe, mit Ausnahme einiger zerstörter Studien. Ich habe nicht alle signiert, ein Dutzend sind ohne Keilrahmen, vierzehn sind im Keilrahmen. Eines ist eine kleine Landschaft mit einem weissen, roten und grünen Häuschen und daneben eine Zypresse. Davon hast Du die Zeichnung und ich habe es ganz im Atelier gemalt. Das wird Dir beweisen, dass ich Dir nach allen Zeichnungen, wenn Du es wünschest, kleine Bilder machen könnte.

Wenn Du von der Sendung das Beste beiseite legen und die Bilder als Abschlagszahlung dessen, was ich Dir schulde, betrachten willst, so könnte ich an dem Tage, an dem ich Dir 10 000 Francs in Bildern abgezahlt hätte, weit ruhiger sein. Das Geld, das schon in früheren Jahren ausgezahlt wurde, muss, wenigstens in Wertobjekten, wieder in unsere Hände kommen. Ich bin zwar noch weit davon entfernt, fühle aber, dass in dieser Natur hier alles Nötige liegt, um Gutes zu schaffen; es läge also nur an mir, wenn es mir nicht gelingen sollte. Du erzähltest mir selbst einmal, dass Mauve in einem einzigen Monat für 6000 Francs Aquarelle gemalt und verkauft hätte, es giebt also solche Glücksfälle, und trotz aller momentanen Sorgen sehe ich auch für mich eine solche Möglichkeit.

In meiner Sendung sind: der rosafarbene Obstgarten auf grober Leinwand, der weisse Obstgarten in Breitformat und die Brücke. Es scheint mir, als ob diese drei später im Werte steigen könnten. Und etwa 50 solcher Bilder würden uns dafür entschädigen, dass wir vorher zu wenig Glück hatten. Nimm diese drei Bilder für Deine Sammlung und verkaufe sie nicht, denn später wird gewiss ein jedes davon mit 500 Francs bezahlt werden, und haben wir erst 50 solcher Bilder zusammen, werde ich erleichtert aufatmen.

*

An E. Bernard

Die Olivenbäume hier, das wäre etwas für Dich, lieber Freund. Ich hatte in diesem Jahre kein Glück damit, aber ich habe sicher vor, darauf zurückzukommen. Es ist feines Silber auf orangefarbenem oder veilchenblauem Boden, unter dem weiten, blauen Himmel. Ich habe Olivenbäume von gewissen Malern gesehen, von mir übrigens auch, die das garnicht wiedergaben. Es ist der reine Corot, dieses Silbergrau, und ist vor allen Dingen noch garnicht gemalt worden, während verschiedene Künstler zum Beispiel mit Apfelbäumen und mit Weiden schon Erfolg gehabt haben. Dann existieren auch relativ wenig Felder mit Weingärten, die doch von so wechselnder Schönheit sind. Es giebt hier also noch genug für mich zu basteln.

Weisst Du, etwas hat mir riesig leid gethan, in der Ausstellung nicht gesehen zu haben: eine Serie von Wohnhäusern aller Länder, wie ich glaube, von Charnier organisiert? Könntest Du mir wohl, da Du es doch sicher gesehen hast, eine Idee und hauptsächlich eine Farbenskizze von dem primitiven ägyptischen Hause geben? Es ist sicherlich ganz einfach: ein viereckiger Block auf einer Terrasse, aber ich möchte zu gern die Farbe wissen. In einem Artikel las ich, dass es blau, rot und gelb war: Ist es Dir aufgefallen? bitte, vergiss nicht mich darüber zu informieren ... Ich für mein Teil kenne als Architektur nichts Herrlicheres als die Bauernhütte mit ihrem bemoosten Strohdach, mit ihrem von Rauch geschwärzten Herde. Du siehst also, dass ich sehr anspruchsvoll bin. In einem Illustrationswerk habe ich eine Skizze von alten mexikanischen Häusern gesehen, wie mir scheint, auch sehr primitiv und schön. Ach, wenn man nur Alles von damals wüsste und die Menschen malen könnte, die darin gelebt haben – das könnte so schön wie Milletsche Bilder wirken. Schliesslich, was man jetzt noch wirklich sicheres weiss, ist doch Millet. Vielleicht nicht für die Farbe, aber als Charakter, als Inhalt, als etwas, in dem ein fester Glaube steckt ...

Ich hoffe, Du wirst dir wieder meine Bilder ansehen, wenn ich im November meine Herbststudien schicke; lasse mich, wenn möglich, wissen, was Du aus der Bretagne mitgebracht hast, denn mir liegt daran, zu hören, was Du selbst für Deine besten Sachen hältst. Und dann schreibe ich auch bald wieder.

Ich arbeite an einem grossen Bilde: ein Steinbruch. Eigentlich ganz dasselbe Motiv wie die Studie mit dem gelben Baum, die ich von Dir habe: die unteren Massen zweier mächtiger Felsen, die eine dünne Wasserader durchfliesst; einen dritten Berg, der den Steinbruch abschliesst, sieht man im Hintergrund. Solche Motive sind von verführerischer Melancholie, und dann ist es amüsant, in recht wilden Gegenden zu malen, wo man die Staffelei im Gestein vergraben muss, damit Einem der Wind nicht Alles umweht.

Hier die Beschreibung eines Bildes, das ich eben vor mir stehen habe (eine Ansicht des Parkes, der zu der Nerven-Heilanstalt gehört, in der ich jetzt bin): zu rechter Hand eine graue Terrasse, ein Stück Mauer, einige abgeblühte Rosenbüsche, links der Parkboden (englisch-rot), ein von der Sonne verbranntes Terrain, das mit herabgefallenen Fichtennadeln besät ist. Der Rand des Parkes ist mit hohen Fichten bepflanzt, deren Stämme und Äste englischrot sind, und deren Grün durch eine Nüance von Schwarz noch schmerzlicher wirkt. Diese Bäume heben sich von dem Abendhimmel ab, dessen gelber Grund von violetten Streifen durchquert wird; weiter oben geht das Gelb in Rosa, dann in Grün über. Eine niedrige Mauer – auch englischrot – sperrt die Aussicht und wird nur an einer Stelle von einem violetten und ockergelben Hügelchen überragt. Der erste Baum ist ein riesiger Stamm, der vom Blitz getroffen und gespalten ist; ein seitlicher Zweig nur ragt noch hoch in die Luft und lässt eine Flut von dunkelgrünen Nadeln herabrieseln. Dieser düstere Riese – ein besiegter Held – den man wie ein lebendes Wesen betrachten kann, kontrastiert mit dem blassen Lächeln einer späten Rose an dem Gebüsch, das ihm gegenüber hinwelkt, unter den Fichten einsame steinerne Bänke und dunkler Buchsbaum. Der Himmel spiegelt sich gelb – nach einem Regenguss – in einer Wasserlache. In einem Sonnenstrahl – dem letzten Reflex – steigert sich das dunkle Ocker bis zu glühendem Orange – schwarze Figuren schleichen noch hin und wieder zwischen den Stämmen umher. Du kannst dir denken, dass diese Kombination von Englischrot, von dem durch Grau verdüsterten Grün, von schwarzen Strichen, die die Konturen zeichnen, ein wenig jenes Angstgefühl hervorruft, an dem oft manche meiner Unglücksgenossen leiden. Und das Motiv des grossen, vom Blitze gespaltenen Baumes, das kränkliche Lächeln jener letzten Herbstblüte, in Grün und Rosa, verstärken diesen

Eindruck. Ein anderes Bild stellt einen Sonnenaufgang über einem Feld mit jungem Getreide dar, die sich verjüngenden Linien der Furchen steigen im Bilde bis zu einer Mauer und einer Reihe von lila Hügeln an – das Feld ist violett und gelbgrün. Die weissglühende Sonne ist von einer grossen gelben Aureole umgeben. In diesem Bilde habe ich, im Gegensatz zum anderen, versucht, Ruhe und grossen Frieden auszudrücken. Ich beschreibe Dir diese beiden Bilder, um Dir wieder zu zeigen, dass man die Impression des Angstgefühls auch geben kann, ohne gleich geradenwegs auf das historische Gethsemane loszusteuern, und um ein tröstliches und sanftes Motiv zu bringen, man nicht die Personen aus der Bergpredigt darstellen muss. Fraglos ist es brav und richtig, sich von der Bibel rühren zu lassen, aber die moderne Wirklichkeit hat so von uns Besitz ergriffen, dass, wenn wir selbst davon abstrahieren wollen, um die alten Tage wieder in unseren Gedanken aufleben zu lassen, die Ereignisse unseres Lebens uns aus dergleichen Überlegungen reissen und unsere eigenen Abenteuer erfüllen uns wieder mit den persönlichen Sensationen: Freude, Ärger, Leiden, Zorn oder Lächeln. Mein Gott, die Bibel! Millet ist in seiner Kindheit ganz damit erzogen worden und las überhaupt nichts anderes; und doch machte er niemals oder fast nie wirklich biblische Bilder.

Corot hat einen Christus im Olivenhain, mit dem Stern der Hirten gemalt, göttlich schön; in seinem Werke fühlt man Homer, Virgil, Äschylos und Sophokles und manchmal auch etwas wie das Evangelium; aber wie diskret, denn immer überwiegen die modernen Sensationen, die allen möglich und allen gemeinsam sind. – Wenn auch die Malerei hassenswert und in unserer Zeit gar zu mühselig ist, so muss gerade darum der, der dies Handwerk trotzdem wählt und es mit Eifer betreibt, ein Mensch voller Pflichttreue und Festigkeit sein. Die Gesellschaft macht uns manchmal unsere Existenz recht jämmerlich und daher kommt auch unser Unvermögen und die Unvollkommenheit unserer Arbeit. Ich glaube, auch Gauguin leidet sehr darunter und kann sich nicht so entwickeln, wie es in ihm liegt. Ich leide darunter, dass mir absolut die Modelle fehlen. Dafür giebt es aber hier schöne Landschaftsmotive ...

Hast Du eine Studie von mir gesehen mit einem kleinen Schnitter, einem gelben Getreidefeld und gelber Sonne? Obwohl nicht gelöst – habe ich darin wenigstens die Teufelsfrage des Gelb angegriffen. Ich spreche von der pastos gemalten Studie, die ich direkt nach der Natur gemacht habe, nicht von der Wiederholung, die in Diagonalen gemalt und in der die Wirkung sehr abgeschwächt ist. Ich wollte das in reinem Schwefelgelb malen.

*

An Theodor van Gogh

Während der Reise habe ich ebenso viel an Dich wie an das neue Land gedacht, das ich durchfuhr, und dabei sagte ich mir, dass Du vielleicht später auch oft hierher kommen wirst. Es scheint mir beinahe unmöglich, in Paris zu arbeiten, wenn man nicht wenigstens einen Zufluchtsort hat, um sich zu erholen, um seine Ruhe und sein Selbstgefühl wieder zu gewinnen, sonst muss man ja vollständig abgestumpft werden.

Ehe ich nach Tarascon kam, fiel mir eine prachtvolle Landschaft auf: mächtige gelbe Felsen von merkwürdig komplizierten Linien und imposanten Formen; in den engen von ihnen gebildeten Thälern standen kleine runde Bäume in Reih und Glied, deren graugrünes Laub Zitronenbäume vermuten liess.

Hier in Arles hat der Erdboden ein prachtvolles Rot und ist mit Weingärten bepflanzt. Berg-Hintergründe von feinstem Lila, und manche Landstriche unter dem Schnee mit weissen Gipfeln gegen einen ebenso leuchtenden Himmel wie der Schnee selbst, sahen wie die Winterlandschaften der Japaner aus.

Vorläufig finde ich das Leben hier noch nicht so billig wie ich es hoffte; aber – ich habe drei Studien fertig, was doch in Paris in diesen Tagen wahrscheinlich unmöglich wäre.

Ich hatte gehofft, ein schönes Blau malen zu können und ich verzweifle auch noch nicht daran, da man in Marseille die Rohmaterialien sicher aus erster Hand beziehen kann; ich möchte solch Blau herausbekommen wie Ziem es malt, das fester und entschiedener wie bei den Anderen ist.

Die Studien, die ich habe, sind: eine alte Frau aus Arles, eine Schneelandschaft, ein Stück Strasse mit einem Schlächterladen. – Die Frauen hier sind wirklich schön, das ist nun mal keine Aufschneiderei. Dagegen ist das Museum von Arles scheusslich und eine derartige blague, dass es eigentlich nach Tarascon gehörte. Ich habe auch ein Museum mit Altertümern gesehen, die sind echt.

Wegen der Ausstellung der Independants gebe ich Dir vollkommen freie Hand. Was meinst Du dazu, die beiden grossen Landschaften von der butte Montmartre auszustellen? Mir ist es ziemlich gleichgültig; ich rechne mehr auf die diesjährige Arbeit.

Hier friert es fest und auf dem freien Lande liegt dauernd Schnee. Ich habe eine Studie von dem beschneiten Lande mit der Stadt im Hintergrunde gemalt. Dann noch zwei kleine Studien eines Mandelbaumzweiges, der trotz des Winterwetters schon in Blüte ist.

Endlich, endlich hat das Wetter heute früh umgeschlagen und es ist milde geworden. Ich habe nun also Gelegenheit gehabt zu erfahren, was hier ein richtiger Nordwind ist. Ich habe auch schon verschiedene Spaziergänge in die Umgegend gemacht; aber immer war es bei dem Wind unmöglich, irgend etwas zu malen. Der Himmel war hartblau mit einer grossen strahlenden Sonne, die beinahe allen Schnee hinweggeschmolzen hat; aber der Wind war so schneidend und trocken, dass man eine Gänsehaut bekam. Aber schöne Sachen habe ich gesehen: die Ruine einer Abtei auf einem Hügel, der mit Stechpalme, Pinien und grauen Olivenbäumen bewachsen ist. Das wollen wir mal binnen kurzem in Angriff nehmen, hoffe ich.

Für Gauguin – wie für viele von uns und sicherlich für uns selbst – ist die Zukunft noch recht schwer. Ich glaube fest an den endlichen Sieg; aber werden die Künstler selbst sich noch daran erfreuen können und frohere Tage sehen?

Der arme G. hat kein Glück; bei ihm wird die Rekonvaleszenz noch länger dauern als die vierzehn Tage Bettlägerigkeit, fürchte ich. Wann wird man eine Künstlergeneration mit gesundem Körper sehen! Zeitweise bin ich wirklich wütend gegen mich selbst, denn es nutzt Einem doch nichts, nicht kränker oder gesünder als die Anderen zu sein; das Ideal wäre, ein Temperament zu haben, stark genug, um achtzig Jahre alt zu werden und dazu gesundes Blut. Und doch würde man sich auch ohne all dies trösten, wenn man sicher wäre, dass eine glücklichere Generation von Künstlern nach uns käme.

Um wieder einmal von der Arbeit zu reden, habe ich heute ein Bild, Leinwand-Grösse 15, nach Haus gebracht: es ist eine Zugbrücke, über die ein Wägelchen fährt, das sich gegen den blauen Himmel abzeichnet; der Fluss ist gleichfalls blau, die Böschungen orange, mit Grün bewachsen; eine Gruppe Wäscherinnen mit bunten Miedern und Mützen. Dann noch eine andere Landschaft mit einer kleinen ländlichen Brücke und ebenfalls mit

Wäscherinnen. Ausserdem eine Platanen-Allee nahe am Bahnhof. Im Ganzen, seit ich hier bin, 12 Studien.

Weisst Du, lieber Bruder, mir ist, als lebte ich in Japan. Mehr sage ich Dir nicht, und noch habe ich nichts in seiner gewohnten Herrlichkeit gesehen. Und wenn ich auch traurig bin, dass die Ausgaben gross sind und die Bilder nichts taugen, verzweifle ich nicht, denn ich bin sicher, dass meine lange Reise nach dem Süden Erfolg haben wird. Hier sehe ich Neues, ich lerne, und mein Körper, wenn ich ihn mit etwas Sanftmut behandle, lässt mich nicht im Stich. Aus vielen Gründen wünsche ich ein pied-à-terre zu gründen, das im Falle gründlicher Ermattung dazu dienen könnte, solche armen Pariser Droschkengäule auf die Weide zu führen, wie du selbst einer bist und noch so mancher arme Freund unter den Impressionisten.

Ich habe meine drei letzten Studien mit Hülfe des Quadratnetzes gemalt, das ich, wie Du weisst, öfters verwende. Ich lege darauf Wert, da es mir nicht unwahrscheinlich dünkt, dass über kurz oder lang mehr Künstler sich dessen bedienen werden, ebenso wie die alten deutschen, italienischen und, wie ich glaube, auch die flämischen Maler. Die moderne Anwendung kann von der alten abweichen, aber ist es nicht ebenso mit dem Verfahren der Ölmalerei: man erzielt heutzutage ganz andere Effekte damit, als damals die Erfinder der Technik, J. und H. van Eyck. – Dies um Dir zu sagen, dass ich immer selbständig für mich allein arbeiten werde. Ich glaube an die absolute Notwendigkeit einer neuen Kunst der Farbe und der Zeichnung, sowie des ganzen künstlerischen Lebens. Und wenn wir in diesem festen Glauben arbeiten, können wir wohl darauf hoffen, dass er nicht getäuscht wird.

*

Ich habe ein paar Zeilen von G. erhalten, der sich über das schlechte Wetter beklagt, noch immer krank ist und sagt, dass unter allen Widerwärtigkeiten des Lebens nichts ihn so quält wie der Geldmangel: und doch sieht er sich zu einer ewigen Geldklemme verdammt.

All diese letzten Tage Regen und Wind. Ich habe zu Hause an der Studie gearbeitet, von der ich in dem Briefe an Bernard eine Skizze gemacht habe. Ich wollte es dahin bringen, Farben wie auf gemalten Fenstern und die Zeichnung in festen Strichen zu machen.

Bin dabei, „Pierre und Jean“ von Guy de Maupassant zu lesen. Es ist sehr schön. Hast Du das Vorwort dazu gelesen, worin er die Freiheit des Künstlers erklärt zu übertreiben und eine schönere, einfachere, tröstlichere Natur im Roman zu erschaffen? Dann, was vielleicht Flaubert mit dem Wort sagen wollte: „das Talent ist eine lange Geduldprobe“ und die Originalität ein Akt der Willenskraft und der intensivsten Beobachtung.

*

Hier ist ein Portal, das ich allmählich wunderschön finde, das Portal von Saint-Trophime; aber es ist so grausam, so ungeheuerlich, wie ein beängstigendes, fratzenhaftes Traumgesicht, sodass selbst dieses schöne Monument von so grossem Styl mir wie zu einer anderen Welt gehörig erscheint, und ich ebenso froh bin, nicht zu ihr zu gehören wie zur glorreichen Welt des Römers Nero.

*

Soll ich die Wahrheit gestehen und hinzufügen, dass die Zuaven, die Bordelle, die entzückenden kleinen Arlesierinnen, die zu ihrer Einsegnung gehen, die Priester in ihren Chorgewändern, in denen sie wie gefährliche vorsintflutliche Tiere aussehen, die Absynthtrinker mir auch wie Wesen einer anderen Welt vorkommen? Dies alles nicht um zu sagen, dass ich mich im Kunstleben mehr zu Hause fühlen würde, sondern dass ich lieber darüber spotte, als mich einsam zu fühlen, weil es mir vorkommt, als ob ich traurig sein würde, wenn ich mich nicht durch die blague davon befreien würde.

Ich habe des Abends immer Gesellschaft, da der junge, dänische Maler, der hier ist, ein sehr angenehmer Mensch ist; seine Arbeiten sind trocken, korrekt und schüchtern, in meinen Augen ist das aber kein schlimmer Fehler, wenn der Künstler jung und intelligent ist. Er hatte mit dem Studium der Medizin angefangen, kennt die Bücher von Zola, Goncourt und Guy de Maupassant und hat genug Geld, um sich das Leben angenehm machen zu können. Ausserdem, den sehr ernsten Wunsch einmal besseres leisten zu können, als er augenblicklich macht. Ich glaube, er thäte wohl daran, die Rückkehr in sein Vaterland um ein Jahr zu verschieben oder nach einem kurzen Besuch in seiner Heimat hierher zurückzukommen.

*

Wir müssen nun doch einmal sehen, was es eigentlich mit diesem famosen M. T. für eine Bewandtnis hat. Er muss sich doch nun endlich einmal deutlich aussprechen, im Interesse der Kameraden. Wie mir scheint, sind wir doch auch ein wenig dazu verpflichtet, dafür zu sorgen, dass man uns nicht als Tote ansieht. Es handelt sich nicht um uns, sondern um die gemeinsame Sache der Impressionisten. Also – da er durch uns interpelliert worden ist – schuldet er uns eine Antwort. Du wirst, ebenso wie ich fühlen, dass wir nicht vorwärts kommen können, ehe wir einen kategorischen Bescheid über seine Absichten haben. Wenn wir die Gründung einer permanenten Impressionisten-Ausstellung in London und in Marseille für wünschenswert halten, so ist es selbstverständlich, dass wir unser Möglichstes thun werden, sie ins Leben zu rufen. Nun handelt es sich darum, zu erfahren, ob T. dabei sein wird oder nicht. Und hat er, wie wir, mit der Möglichkeit einer Baisse auf die Bilder gerechnet, die momentan in hohem Preise stehen und welche meiner Ansicht nach höchst wahrscheinlich ist, sowie die Hausse für die Impressionisten eintritt? Du musst bemerken, dass die Verkäufer von teuren Bildern sich selbst zu Grunde richten, indem sie sich aus Politik dem Siegeslauf einer Schule widersetzen, die sich seit Jahren durch ihre Energie und Ausdauer der Millet, Daubigny etc. würdig gezeigt hat.

Ich habe soeben eine Gruppe blühender Aprikosenbäume in einem kleinen frischgrünen Obstgarten gemalt. Mit dem Sonnen-Untergang mit Figuren und der Brücke, von dem ich Bernard berichtete, habe ich rechten Ärger gehabt. Das schlechte Wetter hinderte mich, das Bild an Ort und Stelle zu beendigen und als ich es nun bei mir zu Haus fertig malen wollte, habe ich die Studie komplett verdorben. Ich habe sofort dasselbe Motiv auf einer anderen Leinwand nochmals angefangen, aber das Wetter war ganz anders, Alles in grauen Tönen.

Tausend Dank für all Deine Schritte bei den Independants – aber – obgleich es diesmal absolut nichts schadet – in der Folge musst Du meinen Namen in den Katalog ebenso setzen, wie ich meine Bilder zeichne, nämlich Vincent und nicht van Gogh, und zwar aus dem einfachen Grunde, weil man unseren Familiennamen hier überhaupt nicht aussprechen kann. Anbei die Briefe von T. und von R.; vielleicht wäre es interessant, die Korrespondenz der Künstler für später einmal aufzubewahren. Es wäre vielleicht nicht übel, wenn Du Deiner Sendung den kleinen Kopf der Bretagnerin von B. beifügtest. Man muss zeigen, dass alle Impressionisten gut und ihre Arbeiten sehr vielseitig sind.

Ich schreibe Dir ein paar Worte, um Dir zu erzählen, dass ich bei dem Herrn war, den der Jude in Tartarin den „zouge de paix“ nennt. 12 Francs habe ich wenigstens gerettet, und mein Vermieter erhielt einen Verweis, weil er meinen Koffer mit Beschlag belegt hatte, trotzdem ich die Zahlung nicht verweigert habe. Es wäre sehr nachteilig für mich gewesen, wenn der andere Recht bekommen hätte, denn er hätte sicherlich überall erzählt, dass ich nicht zahlen konnte oder wollte, und dass er genötigt war, meinen Koffer zu behalten. Jetzt, indessen, als wir zusammen fortgingen, sagte er, alles wäre nur im Ärger geschehen und er hätte nicht die Absicht, mich zu beleidigen. Natürlich war gerade dies seine Absicht gewesen, da er bemerkt hatte, dass ich genug von seiner Bude hatte und keinesfalls länger bleiben wollte. Um die mir thatsächlich zukommende Preisermässigung zu erlangen, hätte ich wahrscheinlich weit mehr reklamieren müssen. Du kannst Dir denken, wenn ich mir vom ersten besten alles bieten lassen würde, dass ich bald ganz ausgeplündert wäre.

Ich mache mir immer Vorwürfe, dass meine Malerei nicht soviel einbringt als sie kostet und doch muss man arbeiten. Du musst aber wissen: wenn jemals die Verhältnisse es nötig machten, dass ich Kaufmann werde, und Du dadurch weniger Sorgen hättest, würde ich es ohne Bedauern thun.

*

Es ist seltsam: an einem der letzten Abende in Moul-Majour, habe ich einen roten Sonnen-Untergang gesehen; die Stämme und Nadeln der Fichten, die in einem Haufen Felsen wurzelten, waren grell beleuchtet. Die Strahlen färbten Stämme und Nadeln in einem orangegelben Feuer, während andere Pinien, die weiter zurück standen, sich in Preussisch-Blau absetzten gegen einen hellblau-grünen Himmel. Das ist doch genau der Effekt wie bei dem Claude

Monet, von dem Du mir sprachst. Es war einfach herrlich. Der weisse Sand und die Schichten von weissen Felsen unter den Bäumen nahmen bläuliche Färbungen an. Gern würde ich das Panorama malen, von dem Du die ersten Zeichnungen hast. Das hat eine Weite! – und das wird etwa nicht im Hintergrunde grau, das bleibt bis zur letzten Linie grün.

Ich hatte eine Leinwand im Freien gemalt, in einem Obstgarten, bebauter lila Boden, eine Einfriedigung aus Rohr, zwei rosa Pfirsichbäume gegen einen strahlenden blauen und weissen Himmel, wahrscheinlich meine beste Landschaft; den Augenblick, als ich sie zu mir nach Haus bringe, schickt mir unsere Schwester eine holländische Gedenkschrift an Mauve (das Porträt sehr gut, hübsche Radierung, Text schlecht). Ich weiss selbst nicht, was mich erschüttert und mir die Kehle zugepresst hat, aber ich habe auf mein Bild geschrieben: Ein Gedenken für Mauve: Vincent und Théo. Und wenn Du es auch gut findest, schicke es, wie es da ist, an Madame Mauve. Ich habe gerade die beste Studie genommen, die ich hier zustande gebracht habe; wer weiss, was sie bei uns darüber sagen, das ist uns gleichgültig. Ich hatte das Gefühl, dass für Mauves Andenken etwas Heiteres und Zartes richtig sei, und nicht eine schwerfällige, ernste Studie.

Ne crois pas que les morts soient morts,
Tant qu'il y aura des vivants
Les morts vivront, les morts vivront.

So fühle ich die Sache und nicht trauriger.

*

Ich bin in einer Arbeitswut, da die Bäume in der Blüte sind und ich einen Obstgarten in der Provence in seiner grenzenlosen Heiterkeit malen wollte. Dabei mit ruhigem Kopf schreiben, ist also keine

Kleinigkeit. Gestern z. B. habe ich Briefe geschrieben, die ich nachher zerrissen habe. Jeden Tag fühle ich mehr, dass wir in Holland etwas thun müssen, und zwar muss man die Sache mit der grössten Verve anfassen und mit einer französischen Heiterkeit, die der Sache würdig ist, für die wir plädieren. Das ist also ein Angriffsplan, der uns die besten Bilder, die wir miteinander fabriziert haben, kostet, die sicherlich einige Tausendfrankbilletts wert sind oder uns wenigstens Geld und einen gehörigen Fetzen unserer Gesundheit gekostet haben. – Das wäre eine klare und laute Antwort auf allerlei leise Andeutungen, als ob wir schon halb und halb tot wären und eine Revanche für Deine vorjährige Reise, den kühlen Empfang etc. – Na, genug davon. Also nehmen wir an, wir geben an Jet Mauve das Andenken an Mauve, an Breitner eine Studie (ich habe gerade eine, die der ähnlich ist, welche ich mit R. und Pissarro ausgetauscht habe, Apfelsinen, auf weissem Grund, blauem Hintergrund), dann einige Studien für unsere Schwester und an das moderne Museum im Haag (da uns so viele Erinnerungen damit verknüpfen) die beiden Montmartre-Landschaften, die bei den „Indépendants“ ausgestellt sind. Nun bleibt noch eine unbequeme Sache. Als T. geschrieben hatte: Schicke mir Impressionisten-Bilder, aber nur solche, die Du sehr gut findest, fügtest Du der Sendung ein Bild von mir bei. Und nun bin ich in der verteufelten Lage, T. davon zu überzeugen, dass ich ein wirklicher Impressionist des „petit boulevard“ bin und bleiben will. Also vielleicht muss ich ihm auch ein Bild für seine Sammlung geben. Ich habe in den letzten Tagen nachgedacht und etwas so Amüsantes gefunden, wie ich es nicht jeden Tag mache: es ist die Zugbrücke mit einem kleinen gelben Wagen darauf und einer Gruppe Wäscherinnen. Auf dieser Studie ist der Boden grell orange, das Gras sehr grün, Himmel und Wasser blau. Dazu gehört ein Rahmen in Königsblau und Gold, innen blau, aussen eine Goldleiste; eventuell könnte der Rahmen aus blauem

Plüsch sein, aber besser wäre, das Holz blau zu streichen. – Ich komme noch nicht mit einem ruhigen Brief zustande, die Arbeit absorbiert mich zu sehr, aber hauptsächlich wollte ich Dir sagen, dass ich einige Studien für Holland machen möchte, um dann mit Holland fertig zu sein. Ich habe mich in diesen Tagen, als ich an Mauve, T., an unsere Mutter und an Wil dachte, stärker aufgeregt als es richtig ist, und es beruhigt mich der Gedanke, einige Bilder für dort zu malen. Danach werde ich sie vergessen und wahrscheinlich nur an den „petit boulevard" denken.

*

Bin wieder mitten in neuer Arbeit, immer wieder Obstgärten in Blüte.

Die Luft hier thut mir entschieden gut, ich wünschte, Du könntest sie mit vollen Lungen atmen; eine ihrer Wirkungen ist sehr merkwürdig: ein kleines Glas Kognak macht mich hier betrunken. Da ich hier nicht das Bedürfnis nach solchen Reizmitteln habe, um das Blut in Bewegung zu bringen, wird die Konstitution sich weniger abnützen.

Ich hoffe, in diesem Jahre wirkliche Fortschritte zu machen; die sind mir übrigens sehr nötig.

Ich habe einen neuen Obstgarten, der ebenso gut wie die rosa Pfirsichbäume ist: Aprikosenbäume von zartestem Rosa. Momentan arbeite ich an Pflaumenbäumen mit gelblichweissen Blüten und einer Menge schwarzen Zweigen.

Ich verbrauche eine Masse Leinwand und Farben, aber ich hoffe doch, das Geld wird nicht verloren sein.

Gestern habe ich einen Stierkampf mit angesehen, wo fünf Menschen das Tier mit Banderillas und Kokarden bearbeiteten. Ein Toreador hat sich schwer beschädigt beim Ueberspringen einer

Barrikade: er war blond mit grauen Augen und sehr kaltblütig; man sagte, dass er für lange Zeit genug hätte. Er war in Hellblau und Gold gekleidet, genau so wie die drei Figuren im Walde auf unserm Bild „Le petit cavalier" von Monticelli. Die Arena ist wunderschön, wenn sie dichtgedrängt voll Menschen im vollen Sonnenschein ist.

Der Monat wird hart für Dich und mich sein; und doch, wenn es irgend zu ermöglichen ist, ist es zu unserem Vorteil, soviel blühende Obstgärten zu malen wie möglich. Ich bin jetzt gut im Zuge, und ich muss noch, glaube ich, zehnmal dasselbe Motiv malen. Du weisst, ich liebe die Abwechslung bei meiner Arbeit, die Leidenschaft, Obstgärten zu malen, wird auch nicht ewig dauern. Nachher kommen vielleicht die Arenen heran. Dann habe ich kolossal viel zu zeichnen, denn ich möchte gern Zeichnungen in der Art von japanischem Krepp machen. Ich muss eben das Eisen schmieden, so lange es heiss ist und ich werde nach den Obstgärten total erschöpft sein, denn es sind Bilder von 25, 30 und 20. Wir hätten mit der doppelten Anzahl auch nicht zuviel, denn es will mir scheinen, als ob diese das Eis in Holland schmelzen könnten.

Der Tod von Mauve war ein harter Schlag für mich und Du wirst merken, dass die rosa Pfirsichbäume in einer gewissen Aufregung gemalt sind.

Ich muss auch eine Sternennacht malen, mit Zypressen oder vielleicht über einem reifen Getreidefeld. Es giebt hier wundervolle Nächte. Ich habe ein andauerndes Arbeitsfieber. Ich werde sehr froh sein, am Ende des Jahres das Resultat zu sehen. Ich hoffe, dass ich dann weniger von einem gewissen Missbehagen gequält sein werde. Jetzt leide ich an manchen Tagen noch sehr, aber das beunruhigt mich nicht die Spur, denn es ist eben einfach die Reaktion nach dem verflossenen Winter, der doch nicht normal war. Das Blut ersetzt sich und das ist die Hauptsache.

Ich muss dahin gelangen, dass meine Bilder das wert sind, was ich dafür ausgebe, oder eigentlich mehr, wegen der früheren grossen Ausgaben. Na, auch dahin werden wir kommen, wenn auch nicht alles gelingt, schreitet doch die Arbeit vorwärts.

Ich glaube schon, dass das, was K. sagt, richtig ist: dass ich den Valeurs nicht genug Beachtung geschenkt habe: aber später wird das noch ganz anders werden, wenn wir sagen werden – was nicht weniger wahr ist. Unmöglich, Valeurs und Farben gleiche Bedeutung zu geben. Théod. Rousseau hat es besser verstanden als irgend einer beim Mischen der Farben: die Dunkelheit hat mit der Zeit zugenommen und seine Bilder sind jetzt nicht zu erkennen. Man kann nicht gleichzeitig am Pol und am Aequator sein: man muss seinen Weg wählen, was mir auch hoffentlich gelingt und der meine wird der Weg der Farbe sein.

Wenn Du das Bild „Andenken an Mauve“ passabel findest, müsstest Du es Deiner nächsten Sendung nach dem Haag zufügen mit einem einfachen weissen Rahmen. –

*

Deine muselmännische Idee, dass der Tod kommt, wenn er kommen soll, wäre näher zu beleuchten: mir scheint, wir haben keinerlei Beweis für eine so ausgesprochene Direktive aus höheren Regionen. Im Gegenteil scheint es mir, dass eine vernünftige Hygiene nicht nur das Leben verlängern kann, sondern es auch heiter und klar dahinfliessen lässt, während keine Hygiene nicht nur den Fluss des Lebens stört, sondern ihm ein vorzeitiges Ende bereiten kann. Habe ich nicht selbst mit eigenen Augen einen sehr braven Menschen sterben sehen, nur weil er keinen intelligenten Arzt hatte? Er war so klar, so ruhig bei alledem und sagte immer: „Wenn ich nur einen andern Arzt hätte!“ Und er starb, indem er die Achseln zuckte mit einem Ausdruck, den ich nicht vergessen werde. Ich habe an Gauguin gedacht und mir folgendes überlegt: Wenn G. herkommen will, so kostet das seine Reise und die beiden Betten oder Matratzen, die wir unbedingt kaufen müssten. Aber da G. ein Seemann ist, könnten wir uns wahrscheinlich unser Essen selbst kochen, und für dasselbe Geld, das ich allein ausgebe, könnten wir zu Zweien leben. Du weisst, dass es mir schon immer zu unsinnig vorkam, dass Maler allein leben; man verliert immer, wenn man ganz isoliert ist. Du kannst ihm nicht das Notwendige schicken, um in der Bretagne zu leben und mir für die Provence, aber vielleicht findest Du es gut, dass wir teilen, und dann könntest Du eine Summe festsetzen (sagen wir 'mal 250 Francs), und hättest dann jeden Monat ausser meiner Arbeit einen Gauguin.

*

Ich schreibe Dir in grösster Eile, um Dir mitzuteilen, dass ich soeben einige Zeilen von Gauguin erhalten habe; er hat bis jetzt vor lauter Arbeit nicht geschrieben und ist jeden Moment bereit, in den Süden zu gehen, sowie sich eine Möglichkeit dazu bietet. Sie amüsieren sich dort beim Malen und Diskutieren und im Kampfe mit den tugendhaften Engländern. Er lobt sehr Bernards Arbeiten und B. wiederum G.s Arbeiten. Ich arbeite hier so eifrig wie der Marseiller seine Bouillabaisse isst, was Dich nicht weiter wundern wird, denn es handelt sich um Sonnenblumen. Ich habe drei Bilder im Gange: 1. grosse Blumen in einer grünen Vase; 2. drei Blumen, eine im Keim, eine entblättert, die dritte in der Knospe, auf königsblauem Grund; 3. zwölf Blumen und Knospen in einer gelben Vase, letztere also hell auf hell, wird hoffentlich am besten werden. Ich werde es wahrscheinlich nicht dabei bewenden lassen. In der Erwartung, mit G. ein gemeinsames Atelier zu haben, möchte ich eine Dekoration dafür malen, nur lauter grosse Sonnenblumen.

Neben Deinem Laden (Boulevard Montmartre), Du weisst schon, in dem Restaurant ist eine so schöne Blumendekoration! Ich sehe immer die grosse Sonnenblume im Schaufenster vor mir. Das Ganze soll eine Symphonie von Gelb und Blau werden. Ich arbeite jeden Morgen von Sonnenaufgang an, denn die Blumen welken schnell und das Ganze muss in einem Zuge gemacht werden. – Ich habe einen Haufen Ideen für neue Bilder. Ich habe heute dasselbe Kohlenschiff mit den Arbeitern, die es entladen, gesehen, von dem ich Dir schon sprach; ausserdem an derselben Stelle Schiffe mit Sand, von denen ich Dir eine Zeichnung geschickt habe. Das wäre ein famoses Motiv! Nur fange ich jetzt an, eine vereinfachte Technik zu suchen, die vielleicht nicht impressionistisch ist. Ich möchte so malen, dass zur Not jeder, der Augen hat, klar darin sehen könnte.

*

Ich habe einen Brief von G. bekommen, der mir von Deiner Sendung von – Francs schreibt, über die er sehr gerührt war und zugleich, dass Du ihm eine Andeutung von unserm Projekt machst (den festen Vorschlag hatte er damals noch nicht erhalten). Er sagt, er hat die Erfahrung gemacht, als er mit seinem Freunde L. in Martinique war, dass sie zu zweien leichter durchgekommen sind, als jeder einzeln, und dass er vollständig überzeugt ist von den Vorteilen eines gemeinsamen Lebens. Seine körperlichen Schmerzen sind immer gleich und er scheint auch recht traurig. Er hofft 600 000 Francs zusammenzubringen, um einen Kunsthändler für die Impressionisten zu etablieren, was er Dir genauer explizieren will, auch dass er Dich an der Spitze des Unternehmens haben möchte. Es sollte mich nicht wundern, wenn dies alles nur eine Fata Morgana wäre, Luftschlösser des Hungers: je mehr man in der Klemme ist, besonders wenn man ausserdem krank ist, desto eher denkt man an dergleichen Möglichkeiten. Ich sehe also gerade in diesem Plan einen Beweis dafür, dass er niedergebrochen ist und dass man ihn möglichst schnell wieder flott machen muss. Er sagt, dass, wenn die Matrosen eine schwere Last zu heben oder einen Anker zu lichten haben, sie alle zusammen singen, um ihre Kräfte zu stärken und sich Mut zu machen, das sei gerade das, was den Künstlern fehlt! – Es würde mich also sehr wundern, wenn er nicht froh wäre herzukommen, aber die Hotel- und Reisekosten werden noch vermehrt durch die Rechnung des Arztes: es wird also schwer halten.

Wenn Du die Camargue sehen würdest und noch manche andere Orte hier, wärest Du wie ich erstaunt, dass das Land ganz im Charakter von Ruysdael ist. Ich habe ein neues Motiv in Arbeit: Felder so weit man blickt, grüne und gelbe, die ich schon zweimal gezeichnet habe und die ich nun als Bild anfange. Es ist absolut wie ein Salomon Konink, Du weisst doch, der Schüler von Rembrandt, der die ungeheuren weiten Ebenen malte, oder wie ein Michel oder Jules Dupré. Jedenfalls ist es aber etwas ganz anderes als Rosengärten. Es ist wahr, ich habe nur einen Teil der Provence studiert und es giebt hier noch eine andere Art Natur, wie z. B. Claude Monet malt. Ich bin nur neugierig, was G. thun wird; er sagt, er hat 'mal zu einer Zeit bei Durand-Ruel für 35 000 Francs Impressionisten-Bilder kaufen lassen, und hofft, dasselbe für Dich thun zu können. Meiner Meinung nach wäre für Gauguin das solideste Geschäft, seine Malerei und seine eigenen Bilder zu verkaufen.

Ich habe noch bei mir: eine Sternennacht, die Furchen, den Garten des Dichters, den Weinberg. Was? poetische Landschaften? Wir wollen auf diese Studien kein zu grosses Gewicht legen, die einem sicherlich beim Malen mehr Herzblut kosten, aber weniger verkäuflich sind. Hättest Du mir 100 Francs geschickt, so hätte ich auch das Meer in Saintes-Maries gemalt. Wir haben jetzt einen mitleidlosen Nordwind, das ist schlecht für die Arbeit, aber vor dem wirklichen Winter werden wir schönes Wetter haben und jedenfalls hoffe ich noch der Serie, die ich im Zuge habe, einiges hinzuzufügen.

Ich kann ein Bild nur im Rahmen fertig malen.

*

Wir haben einen erbarmungslosen Nordwind, aber ich muss mich immer auf dem Qui vive halten, denn die Arbeit muss während der kurzen Zwischenräume gemacht werden und dann muss alles in Ordnung sein, um die Schlacht zu schlagen. Die Leinwand ist noch nicht geschickt worden und es hat die allerhöchste Eile. Bestelle doch, bitte, gleich 10 oder wenigstens 5 Meter. Es ist eilig, ich habe heute schon hier welche gekauft, um morgen oder übermorgen, je nach dem Wetter, fertig zu werden. Die Arbeit hält mich ganz gefangen und ich werde sicher nicht dabei unterliegen, wenn ich so im Zuge bleiben kann; alle diese grossen Bilder sind gut, aber anstrengend. – Anbei ein gestern geschriebener Brief; Du wirst daraus ersehen, was ich von dem Porträt von G. denke, das er mir geschickt hat; es ist zu schwarz, zu trist. Selbst so, muss ich ja sagen, liebe ich es, aber er wird sich verändern und muss herkommen. Man darf eben nicht mit Preussisch-Blau in Fleisch hineinzeichnen; dann hört es auf Fleisch zu sein und wird Holz. Ich denke und hoffe aber, dass die anderen bretonischen Bilder in der Farbe besser sind als dieses Porträt, das schliesslich in der Eile gemalt ist.

Glaub' mir, ich übertreibe weder in betreff G.s noch seines Porträts. Er muss essen, mit mir spazieren gehen, unser Haus sehen wie es ist und dabei helfen und sich, mit einem Wort, gründlich zerstreuen. Er hat billig gelebt, das ist wahr, aber ist dabei so krank geworden, dass er nicht mehr einen heiteren von einem düsteren Ton unterscheiden kann. Na, und das ist doch ein wahrer

Jammer und es ist hohe Zeit, dass er herkommt, wo er schnell gesund werden wird. Entschuldige, wenn ich inzwischen mein Budget überschreite, ich werde desto mehr arbeiten. – Ich war seit Donnerstag derart in der Klemme, dass ich von Donnerstag bis Montag nur zwei richtige Mahlzeiten genossen habe. Ausserdem hatte ich nur Brot und Kaffee und den musste ich auch auf Kredit trinken und ihn heute bezahlen. Also, wenn Du kannst, schicke mir recht bald etwas.

*

Diesmal ist es mir recht schwer geworden, mein Geld war am Donnerstag zu Ende und bis Montag Mittag war es verteufelt lange. Ich habe hauptsächlich in diesen 4 Tagen von 28 Kaffees gelebt und das Brot dazu ist noch nicht bezahlt. Das ist nicht Deine Schuld, sondern mein Fehler, wenn man dabei von Schuld sprechen kann. Denn ich war in einer wahnsinnigen Aufregung, meine Bilder in Rahmen zu sehen, und hatte für mein Budget etwas zuviel bestellt, besonders da die Monatsmiete und die Aufwärterin bezahlt werden müssten. Mir wäre es schon gleich, lieber Bruder, aber ich fühle, wie auch Du unter dem Druck leiden musst, den die Arbeit auf uns ausübt, nur tröste ich mich damit, dass Du mir recht geben würdest, alle Minen springen zu lassen, so lange es schönes Wetter ist, was übrigens die letzten Tage nicht der Fall war, ein erbarmungsloser Nordwind, der die welken Blätter wütend vor sich herjagt. Aber hierzwischen und dem Winter werden noch die schönsten Tage und prächtigsten Beleuchtungen kommen, und dann muss man noch einmal mit voller Kraft an die Arbeit gehen. Ich bin so mitten im Malen, dass ich gar nicht ganz plötzlich innehalten könnte.

Weisst Du, was mir für meine Woche übrig bleibt und das nach 4 Tagen strengem Fasten? Gerade 6 Francs. Mittags habe ich gegessen, heute Abend schon giebt's nur eine Brotrinde. Und das ganze Geld geht ins Haus und in die Bilder.

*

Man muss nicht das Hauptgewicht auf die Studien legen, welche einen entsetzlich quälen und die dabei weniger gefällig sind als die Bilder, die das Resultat und die Frucht davon sind und welche man wie im Traume malt, – ohne so dabei zu leiden. Anbei ein Brief, den ich dieser Tage über G.s Porträt schrieb. Ich habe keine Zeit, ihn umzuschreiben; aber ich lege das Hauptgewicht auf folgendes: Ich liebe nicht diese Hässlichkeiten in unseren Arbeiten, ausser insoweit, dass sie uns den Weg weisen. Unsere Pflicht ist aber, dass wir sie selbst nicht dulden dürfen, noch viel weniger aber sie anderen zumuten. – Auch schicke ich Dir hierbei den Brief von G.; glücklicherweise wird er wieder gesund. Ich glaube, es wäre für mich eine riesige Veränderung, wenn G. hier wäre, denn die Tage vergehen jetzt, ohne dass ich mit einer Menschenseele ein Wort rede. Jedenfalls hat mir sein Brief grosse Freude gemacht. Wenn man zu lange allein auf dem Lande ist, verbauert man, und wenn auch jetzt noch nicht, so könnte ich doch im Winter dadurch unproduktiv werden. Diese Gefahr wäre vorbei, wenn er käme, denn an Ideen wird's uns nicht fehlen. Wenn die Arbeit vorwärts geht und der Mut nicht sinkt, ist in Zukunft auf eine Reihe interessanter Jahre zu rechnen.

Augenblicklich habe ich eine Ausstellung bei mir, indem ich alle Studien aus den Rahmen genommen und sie an die Wand genagelt habe zum Trocknen. Du wirst sehen, wenn ich erst eine ganze Anzahl davon habe und man darunter eine Auswahl trifft, es auf dasselbe herauskommt, als wenn ich sie mehr studiert und durchgearbeitet hätte; denn ob man schliesslich dasselbe Sujet so und so oft auf einer oder auf mehreren Leinwänden malt, ist gleich ernsthafte Arbeit.

*

Also, unser Onkel hat nun ausgelitten; heute Morgen schrieb es mir unsere Schwester. Man scheint Dich zum Begräbnis erwartet zu haben und wahrscheinlich warst Du wohl auch dort. Kurz ist das Leben und vergeht wie Rauch! Das ist aber kein Grund, um die Lebenden zu verachten. Und wir haben doch recht, uns mehr an die Künstler als an die Bilder zu attachieren.

*

M. K. ist gestern wieder hergekommen und hat das Porträt des jungen Mädchens und meinen Garten gut gefunden. Ich weiss nur nicht, ob er Geld hat. Jetzt bin ich dabei, einen Briefträger zu malen in blauer Uniform, die mit Gold besetzt ist; er ist enragierter Republikaner wie der alte T., und ein viel interessanterer Mensch als die meisten Leute. – Wenn man R. etwas darauf stossen würde, nähme er vielleicht den G., den Du gekauft hast; und wenn es kein anderes Mittel gäbe, G. zu helfen, was soll man thun? Ich werde ihm sagen: Sehen Sie 'mal, unser Bild gefällt Ihnen schon so, und ich glaube, wir werden noch Besseres von dem Künstler sehen; warum machen Sie es nicht wie wir, die an den Mann glauben, wie er da ist, und die alles, was er macht, gut finden? Und dann will ich hinzufügen: „Dass natürlich, wenn es sein muss, wir ihm das ganze Bild von ihm überlassen; aber da G. noch oft genug Geld brauchen wird, wäre es nicht unsere Pflicht, in seinem Interesse das Bild zurückzuhalten, bis seine Preise um das Drei- und Vierfache gestiegen sind, was sicher 'mal kommen wird?" Wenn danach R. ein klares und festes Angebot machen will, na, dann kann man ja sehen – und G. könnte sagen, wenn er es Dir, als Freund, zu dem und dem Preise überlassen hat, er absolut nicht möchte, dass man es einem Amateur zu demselben Preise lässt. Warten wir aber erst einmal ab, was er sagen wird.

*

Ich habe soeben drei grosse Zeichnungen expediert: der kleine Bauerngarten in Hochformat scheint mir das beste; der Garten mit den Sonnenblumen gehört zu einer Badeanstalt; von dem dritten in Breitformat habe ich auch Oelskizzen gemacht. Unter dem blauen Himmel nehmen die orangefarbenen, gelbroten Flecke der Blumen einen unvergleichlichen Glanz an, ein glücklicherer, zärtlicherer

Schimmer als im Norden liegt über allem: es ist ein Vibrieren wie in Deinem Blumenstrauss von Monticelli. – Mir scheint es, obgleich ich zirka 50 Zeichnungen und Oelskizzen fabriziert habe, als ob ich absolut nichts gemacht habe. Ich würde mich gern damit begnügen, ein Vorarbeiter zu sein für die Maler der Zukunft, die hier im Süden malen werden.

Jetzt giebt es noch viele schöne Lithographien zu sehen: Daumiers, Reproduktionen von Delacroix, Decamps, Diaz, Rousseau, Dupré etc. – Bald wird dies aber aufhören und welch Jammer, dass es mit dieser Kunst zur Neige geht.

Warum hält man sich nicht an das, was man einmal gefunden hat, so wie die Aerzte oder die Mechaniker? Wenn bei denen einmal etwas entdeckt ist, so bewahren sie dieses Wissen sorgsam. Bei den niederträchtigen schönen Künsten wird alles wieder vergessen, man hält nichts fest: Millet hat die Synthese des Bauern geschaffen und jetzt? na ja, da ist Lhermitte und noch vielleicht der eine und der andere: Meunier z. B. Aber haben die Maler nun wirklich gelernt, einen Bauern richtig zu sehen? Keine Spur. Fast niemand bringt einen solchen zu Stande. Liegt nicht die Schuld ein wenig an den Parisern, die wechselnd und trügerisch wie das Meer sind? Du hast schon ganz recht, wenn Du sagst: wir müssen unbekümmert unsern Weg gehen und für uns selbst arbeiten. – Weisst Du, auch wenn der Impressionismus der unfehlbare, allein seligmachende Glaube sein soll, wünschte ich doch manchmal Sachen zu machen, die die vorige Generation, Delacroix, Millet, Rousseau, Diaz, Monticelli, Isabey, Decamps, Dupré, Ziem, Jongkind, Israels, Mauve, ein ganzer Haufe anderer, Corot, Jacques ... verstehen könnten.

Manet und Courbet, die waren nahe daran, Farbe und Form gleichwertig zu verbinden. Ich möchte mich 10 Jahre lang durch Studien darauf vorbereiten, um dann ein oder zwei Figurenbilder zu malen. Die ewige alte Geschichte, so empfehlenswert und so selten ausgeführt.

Der kleine Bauerngarten in Hochformat ist in Natur herrlich in der Farbe: die Georginen sind von einem tiefen, herben Purpur, eine doppelte Reihe von Blumen ist rosa und grün auf der einen Seite, auf der anderen orangefarben fast ohne Grün. In der Mitte eine niedrige weisse Georgine und ein kleiner Granatbaum mit grüngelben Früchten und Blüten in dem glühendsten Orangerot; der Boden grau, das hohe Schilf – Rohr – blaugrün, die Feigenbäume smaragdgrün, der Himmel blau, die Häuser weiss mit grünen Fensterkreuzen und roten Dächern. So sieht es morgens bei voller Sonne aus; abends alles in tiefen Schatten gebadet, den die Feigenbäume und das hohe Rohr werfen. Das ist es ja eben: um diese ganze Schönheit zu bewältigen, brauchte es einer ganzen Künstlerschule, die im selben Lande zusammen arbeiten und einander komplettieren würde, wie die alten Holländer: Porträtisten, Genremaler, Landschafter, Tiermaler, Stilllebenmaler etc.

*

Jetzt habe ich die beiden Porträts bekommen, auf B.s Selbstporträts hängt ein Porträt von G. an der Wand, und bei G.s ist B.s Bildnis im Hintergrund. Zuerst fällt einem der G. in die Augen, aber mir ist B.s Bild sehr sympathisch.

Es ist nur eine Maleridee, nur einige summarische Töne, einige schwärzliche Striche, aber es ist chic wie ein echter Manet. Der G. ist studierter und sorgfältiger ausgeführt, und das giebt mir gerade den Eindruck, als ob ein Gefangener dargestellt wäre. Kein Schatten von Heiterkeit, keine Spur von Fleisch, aber man kann all dies ruhig seiner Absicht zuschreiben, etwas Melancholisches zu schaffen; die Schattenpartien des Fleisches sind düster blau. Nun habe ich auch endlich 'mal Gelegenheit, meine Malerei mit der der Kameraden zu vergleichen, mein Porträt, das ich an G. als Austausch schicke, hält sich daneben, ganz fraglos. Ich schrieb an G., dass, wenn es mir erlaubt ist, meiner Persönlichkeit in einem Bilde eine unverdiente Wichtigkeit zu geben, ich versucht habe, nicht eigentlich nur mich, sondern überhaupt einen Impressionisten darzustellen, und daher habe ich dieses Porträt aufgefasst als das eines Bonzen in bedingungsloser Anbetung seines grossen Buddha. Und wenn ich G.s und meine Konzeption nebeneinander stelle; finde ich meine ganz ebenso ernst, aber nicht so verzweifelt. Und G.s Porträt sagt mir: so darf es nicht weiter gehen, er muss wieder zufriedener werden, er muss der G. von früher werden, der inzwischen noch reicher geworden ist durch den Süden und die Negerinnen.

Ich bin sehr froh, dass ich die Porträts der Kameraden aus dieser Epoche habe; sie werden nicht so bleiben, sie werden mit der Zeit ein sorgloseres Leben haben und ich sehe klar die Verpflichtung in mir, alles zu thun, um unsere Armut zu verringern; sie ist unmöglich im Malerberuf. Ich fühle, dass er mehr Millet als ich ist, aber ich bin eher Diaz als er und wie Diaz will ich versuchen, dem Publikum zu gefallen, um ihm zu helfen. Ich habe mehr ausgegeben als sie; nachdem ich ihre Malerei gesehen habe, ist mir das gleich; sie haben zu armselig gearbeitet, um Erfolg zu haben, denn glaub' mir, ich habe Besseres und Verkäuflicheres als was ich Dir geschickt habe, und ich fühle die Fähigkeit in mir, noch Besseres zu machen. Ich habe volles Vertrauen, dass es viele Leute giebt, denen gerade die poetischen Sujets sympathisch sein werden: der Sternenhimmel, die Weinranken, die Furchen, der Garten des Dichters. Denn ich halte es für unsere Pflicht, die Deine wie die meine, auf einen relativen Reichtum hinzuarbeiten, weil wir grosse Künstler zu ernähren haben werden. Wenn Du G. hast, kannst Du ebenso glücklich sein, wie Sensier. Ihm wird das Haus als Atelier gewiss so gut gefallen, dass er es als Chef wird führen wollen. B. hat mir eine Sammlung von 10 Zeichnungen mit einer famosen Dichtung geschickt. Du wirst bald alle diese Sachen sehen, aber ich schicke sie erst, nachdem ich sie noch ein Weilchen genossen habe. Mein Porträt an G. wirst Du wohl auch eines Tages zu sehen bekommen, denn ich hoffe, G. wird es behalten: es wirkt ganz aschfarben gegen einen blassen Veroneser Grund (nicht gelb), ich habe die braune Jacke mit blauem Rand an, das Braun habe ich bis zum Purpur übertrieben und die blauen Einfassungen habe ich verbreitert. Der Kopf ist in voller Helligkeit modelliert, hell auf hellem Hintergrund, fast ohne Schatten, nur habe ich die Augen etwas schräg gestellt, à la japonaise.

*

Ich war und bin noch fast kaput von der Arbeit der letzten Woche. Ich kann noch nichts thun, aber, nebenbei, ist ein Nordwind von grosser Heftigkeit, der Staubwolken aufwirbelt und die Bäume von oben bis unten mit einer weissen Staubschicht bedeckt. Ich muss also wohl oder übel unthätig bleiben. Ich habe daher in einem Zuge sechzehn Stunden geschlafen, was mir riesig wohlgethan hat und morgen werde ich mich von dieser gründlichen Ausruhung erholt haben. Aber ich habe eine gute Woche hinter mir: 5 Leinwände, keine Kleinigkeit! Wenn das sich nun ein wenig rächt, so ist es kein Wunder. Hätte ich aber ruhiger gearbeitet, dann hätte mich der Sturm immerfort gestört. Wenn es schön ist, muss man es benutzen, sonst kommt man nicht weiter.

Was macht Seurat? Wenn Du ihn siehst, sage ihm doch, dass ich jetzt eine Dekoration vorhabe, die sich vorläufig auf 15 Bilder beläuft, und die, um komplett zu sein, noch weitere 15 erfordert, dass bei dieser ernsten Arbeit die Erinnerung an seine Persönlichkeit und an die schönen grossen Bilder in seinem Atelier mich zum Schaffen ermutigen.

Wir müssten auch ein Selbstporträt von Seurat haben.

Ich hatte G. geschrieben, dass, als ich den Austausch von Porträts anregte, ich natürlich annahm, dass er und B. Studien von einander gemacht hätten. Da dies nun nicht der Fall wäre und er es extra für mich gemalt hätte, so könnte ich es als Austausch nicht annehmen, da ich es dafür als ein zu wichtiges Kunstwerk ansehe. – Er antwortete jedoch, dass ich es absolut als Tausch annehmen müsste; sein Brief enthielt noch viele Komplimente, die ich aber, da unverdient, übergehe. Es macht mir aber Freude, dass ihnen meine Malerei nicht missfällt, auch wenn ich Menschen darstelle.

*

Ich schicke Dir einen Artikel über die Provence, der meiner Meinung nach gut geschrieben ist. Die "Félibres" sind eine literarische und künstlerische Vereinigung, Clovis, Hugues, Mistral und andere, die teils in provenzalischem Dialekt, teils französisch, recht gute Sonette schreiben. Wenn die Félibres erst einmal von meiner Existenz hier Notiz nehmen, so werden sie alle in das kleine

Haus kommen. Ich möchte es aber erst, wenn ich die Dekoration beendigt habe. Da ich die Provence ebenso bedingungslos wie sie liebe, habe ich wohl ein Anrecht auf ihre Beachtung. Wenn ich jemals von diesem Recht Gebrauch machen will, so ist es, damit meine Bilder hier oder in Marseille bleiben, wo ich, wie Du weisst, gern arbeiten möchte, denn die Marseiller Künstler thäten wohl daran, das fortzusetzen, was ihr Monticelli begonnen hat. Wenn G. oder ich einen Artikel für eine der hiesigen Zeitungen schreiben würden, so würde dies schon genügen, um in Beziehungen zu treten.

Ich muss Dir doch erzählen, dass ich mit jemandem, der das Land hier gut kennt, einen sehr interessanten Streifzug durch verschiedene Pächtereien gemacht habe: Es ist kleines Bauerntum, à la Millet, ins Provenzalische übersetzt. M. K. und B. können sich keinen Vers daraus machen, und wenn ich auch beginne, etwas klarer darin zu sehen – um es wiederzugeben, müsste ich eine hübsch lange Zeit hier leben.

Manchmal scheint es mir die einzige Möglichkeit, unsern Plan auszuführen, wenn ich mich auf die Reise mache, falls es Gauguin nicht gelingen sollte, dort loszukommen. Und schliesslich bliebe ich dann auch bei den Bauern. Ich glaube sogar, man müsste sich bereit halten, zu ihm zu reisen, denn über kurz oder lang wird er wohl ganz im Elend sein; wenn z. B. sein Hauswirt ihm nicht länger Kredit giebt. Das ist mehr als wahrscheinlich und die Not könnte dann dermassen gross sein, dass unsere Kombination mit der grössten Eile ausgeführt werden müsste. Für mich kostet es nur die einfache Reise, denn die dortigen Preise sind nach seinen Angaben viel niedriger, als was man hier für das unumgänglich Notwendige ausgeben muss.

Hier hat man selbst für die geldlosen Tage einen Vorteil über den Norden: das schöne Wetter, denn selbst beim Mistral ist noch schönes Wetter; eine glorreiche Sonne, an der sich Voltaire bei seinem Kaffee gewärmt hat. Man fühlt hier überall unwillkürlich Zola und Voltaire. Es liegt soviel Lebenskraft darin! Wie Jan Steen, wie Ostade! Sicher wäre hier die Möglichkeit einer Malerschule gegeben, Du wirst aber sagen: die Natur ist überall schön, wenn man nur in ihren Geist eindringt.

Ich habe in einem Bauerngarten eine weibliche Holzfigur gesehen, die von dem Bug eines spanischen Schiffes stammte; sie stand in einer Zypressengruppe, und es sah ganz wie ein Monticelli aus. Ach, diese Pächtergärten mit den schönen, dicken, roten Rosen der Provence, diese Weinberge, diese Feigenbäume, welche Poesie liegt darin, und diese ewige, starke Sonne, bei der dennoch das Grün so frisch bleibt! Die Zisterne, aus der das klare Wasser läuft, das die Obstgärten in kleinen Rinnen begiesst und ein kleines Kanalisationssystem bildet; ein alter Schimmel der Camargue, der die Maschine in Bewegung setzt! Keine Kuh in diesen Pächterhäusern. Mein Nachbar und seine Frau, Krämersleute, sehen den Buleaux' ausserordentlich ähnlich. Aber hier sind die Bauerngüter, die Wirtshäuser und sogar die elendesten Kneipen weniger düster, weniger tragisch als im Norden, da die Hitze die Armut weniger hart und melancholisch macht. Ich wünschte so sehr, Du hättest dieses Land gesehen! Aber vor allen Dingen abwarten, was aus der Affäre Gauguin wird.

*

Gauguin folgte dem Rufe seines Freundes und kam zu gemeinsamer Arbeit in die sonnige, farbenfreudige Provence. Ein Wahnsinns-Anfall van Goghs zerstörte das Zusammenleben der beiden Künstler. Van Gogh lebte von nun an in einer Heilanstalt, wo er in seinen lichten Stunden noch schöne Bilder schuf.

Gauguin schreibt über das Ende seines Freundes: „In seinem letzten Briefe aus Auvers bei Pontoise schrieb er mir, dass er noch immer gehofft hatte, so weit zu genesen, um in der Bretagne mit mir zu malen, dass er aber jetzt von der Unmöglichkeit einer Heilung überzeugt sein müsse. ›Mein lieber Meister, es ist würdiger, nachdem ich Sie gekannt und gekränkt habe, bei voller Geistesklarheit, als in einem entwürdigenden Zustand zu sterben.‹ – Er schoss sich eine Kugel in den Leib und starb einige Stunden darauf, im Bette seine Pfeife rauchend, bei klarem Bewusstsein in heisser Liebe zu seiner Kunst und ohne Groll gegen die Menschen.“

*